彼岸より遥か遠いのは真理だ
追放より長々としたのは侮辱だ
網膜にうつされた風景は支離滅裂
は依然として彼の夢に見た古里
は埠頭から始まり
は死ぬまで続く

現代詩文庫　205

思潮社

田原詩集・目次

詩集〈そうして岸が誕生した〉全篇

装幀・菊地信義

詩篇

詩集〈そうして岸が誕生した〉全篇

夢の中の木

その百年の大木は
私の夢の中に生えた
緑色の歯である
深夜　それは風に
容赦なく根こそぎにされた

風は狂った獅子のように
木を摑んで空を飛んでゆく
夢の中で　私は
強引に移植されようとする木の運命を
推測できない

木がないと
私の空は崩れ始める

木がないと
私の世界は空っぽになる

木は私の夢路にある暖かい宿場だ
その梢で囀る鳥の鳴き声を私は聞き慣れている
その木陰で涼んだり雨宿りする人々　そして
葉が迎える黎明に私は馴染んでいる

木が夢の中で消えた後
ケシの花は毒素を吐き出し
木が夢の中で消えた後
馬車も泥濘（ぬかるみ）にはまった

木がないと私は
鳥の囀りに残る濃緑を追憶するしかない
木がないと
私は　木が遠方で育つのを祈るほかない

深夜

木々は仮寝して生長する
星々の呟きは依然として煌めく
まるで透明な思い出のように

夢遊病者は平屋の病院の塀の外で
狂奔する　一頭の野生の驢馬のようだ
その叫び声は医者を病床につかせ
不治の病にかかったように眠らせる

漁火は夢のつきあたりで明滅する
船首で漁民はミサゴの首のひもを解いて
その足を船尾に縛る
ミサゴの羽から払い落とされた水の玉が
星々を濡らす

船は靴を履きつぶす　錆びた錨は
古里の埠頭を懐かしむ

雲は雲の中で熟睡して
ふわふわした枕が咲く夢を見る
時間の色で

深夜は海のものである
その底のない沈黙は一種の寛容のように
風を孕んだ帆のはためきを引き受ける
川は川に流れ　山は山にうねうねと延びている
水と石の腕は
大地としっかり組もうとしている

夜空に処女の寝言と歯ぎしりの音の記録
張り切った案山子の踊る一本足が
地の裂け目に深々と入ったり出たり
汗に浸された欲望に
女の押し殺した呻きが
深い夜をもっと深める

実は暗闇の奥処は紺碧である

豊作の秋のずっしりした祝福のように
子宮にまどろむ胎児の心のように

八月

八月は爆発した星々だ
その恒久の光芒と熱は地表に滅びる
八月は一隻の沈船だ
水底で水草に取り囲まれて魚たちの宮殿となる
八月は一匹の狂犬だ
引き綱を噛み切り　壁を飛び越え
陽射しが遮られない地上でけたたましく吠える
八月は洪水が去った後
陸地で乾き切った魚の目だ
八月は一匹の蚊だ
私の血を孕んで飛び
それから私に叩かれて白い壁で死ぬ
八月は都市の噴水で水を飲んだり体を洗ったりする
一群れの汚い羽の鳩だ
八月は村の屋根いっぱいに這うクチナシの花の上で
交尾する黒い蝶だ
八月は男の掌に撫で回される少女の乳房だ
八月は一匹のウシアブだ
ねじのような嘴で少年の黒く日焼けした皮膚を刺す
八月は夭折した赤ん坊だ
郊外の荒地で太陽に小さな一山の白骨へと溶かされる
八月は突然の雹だ
瓦礫を撃ち砕き　農作物を打ちのめし
農家の傷口を空と見つめ合わせる
八月は大便にまじるスイカの種だ
汲み取る農夫に運ばれて田野で芽生える
八月は不治の病にかかった木だ
八月は落雷に焼き焦がされた土地の火の玉だ
八月は蟬、蛙、蚯蚓の退屈な鳴き声だ
八月はこめかみのツボに塗られたタイガーバームの涼し
さであり
噛み砕かれ腹中に呑みこまれたミントの葉の爽やかさだ

八月は情欲が氾濫する季節
八月は黄昏の川で裸で泳ぎ　夜の真菰で裸で眠る処女だ
八月は時間と時間、季節と季節の分水嶺だ

日本の梅雨

一

梅干し好きの日本人は梅の樹によじ登って
青梅を揺り落とす
梅の実の雨粒であるかのように
ボトボトひっきりなしに落下するのである

二

湿った普段着のように梅雨は
裸の島々をそっと被う

三

びしょ濡れにされるのを渇望する島々
梅の花びらに埋葬されるのを渇望する島々
傘の下でときめきながら浪漫的な叫びをあげるのである

四

流れるように移動する傘は雨粒のように多く
日本人の手の中
傘は雨を浴びて開くきのこ
その半分以上は毒きのこの色

五

梅雨の湿気も届かない所には大抵
たっぷりと塩漬けにされた梅干しが並べられ
紅いそれはまるで島々のしょっぱい涙
高値で出荷されるのである

六

梅干しは梅雨の内に干し上がることは殆どなく
梅雨も又梅干しが干し上がった後に明けることは滅多に

ない
梅干しの青春は一つの季節の内に殆ど失われるのである
その皮の艶は生気のない影となり
柔らかな壁の中へ倒れ込む
硬い種をがっちり包んでいる

七

梅雨が去った後　梅干しの硬い種は
天の外から飛んできた隕石
金物ゴミバケツの中で音を立てる

死と関係がある

黒い手が夢の中の土をほじくっている
長方形の穴ぼこがほじくるほど深くなる
玉蜀黍を育てたその畠は
私の墓である

木の葉が地面に散り敷く
鳥たちの陰謀は明るみに出た
空は高く　雲は薄い
一つのせむしの形が現れる

街はひとしきりの騒ぎの後　廃墟になった
夜の船は多すぎた星光を載せられず
海底に沈んでゆく
静止している島は浮遊し始める
帰ってきた船のように埠頭で岸辺に
話し掛ける

地平線が昇ってきた
平凡な者は一晩のうちに天才になり
この世界を支配する
多彩な日々を褪せたものにする
だれが船に飛翔の翼を与えたのだろう
だれが石に想像力を与えたのだろう

だれが石の中に隠れて思索にふけるのだろう
孤独はだれの骨の中で走るのだろう

生きている私たちはすべてしばしの間
と　死が言った

湖

それを一面の淀みと考えなければ
湖面にはさざ波がやさしく揺れ動き
風も密林を通り抜けて湖底の水草を吹き揺らすだろう
それを一つの落とし穴と考えなければ
山のイメージは湖中から聳え立ち
木の葉も水中でますます青々となるだろう

それを残忍だと想定しなければ
溺死した子供は水面に浮かんでくるだろう
張られた網も空振りはしないはずだ

それを厚い氷だと想定しなければ
滑走の夢はつまずいて転がることはないだろう
サギの長いくちばしも家屋の投影を突き破れないはずだ

それを一枚の銅鏡だと見なさなければ
月の上のいくら多くのゴミでもきれいに清掃されるだろう

沈船も湖底で魚たちのテントになるだろう
それを盲目の瞳だと見なさなければ
どんなに暗い夜でもそれは明るい目になるだろう
どんなに醜悪な顔でもそこにはっきり映るだろう

湖　それはただ一面の水にすぎない
なぜ　それに
これほど多くの仮定を与えるのだろうか

夢境3号

内臓を掻き出された一羽のキジが
風に陰干しされた　夢の周縁に立って
啼き始め　私の朝を呼んでくる

朝日の色は薄橙色
地平線いっぱいにこぼれている　別の鶏鳴は
薄霧を追い払い　声ごとに高くなって
光を光に還元する

夢の中　大地の胸の上で
私に羽根が生え　月の窓口から
飛び出し　空中で跳躍する虎と
ぶつかる　私は空で銃弾に撃たれた
羽毛が抜けた鳥のようだが
虎はただ何回かの咆哮を振り撒いただけ

私は傷つきながらキジが卵を産んだ森を鳥瞰する
森は虎のために踊り　緑の喝采をする
私のいる大地は急激に起伏し
六百年の鉄の塔は傾きかける

雲は混乱して逃げ出す
地平線はねじれて夢の淵で消えてゆく
私は夢の中から自分の居場所へ飛び戻り
一束の光が
私を呼び起こすのを待っている

星々が途切れなく星々の雨を降らせてから
陰干しされたキジは仮寝し始める
その後ろは海だ
海は沸いているひと鍋のお湯で
誰かのために用意された盛大な朝食のようである

裸の電話

裸の電話はぼたん雪の中で鳴り響いている
その一端は春の北方につながれ
ベルの音は花の咲きそめた桃の木から伝わってくる

ピンク色の声は私の部屋で
桃の花を潤ませる足取りで　嫋々と
俳句の情趣を歩き出す
窓外　空一面に舞っている雪花は
飢えに狂った蝗のように　さくさくと
島の暖色を頬張っている

島の春は本土へ逃亡した少女に
持っていかれた
三月　海風は石にひそむ冷たさを吹き出し
詩人の膝に寒さを感じさせる
裸になった電話機の傍で
詩人はもう詩歌に関心を寄せない

青色の笑い声はくすくすと石の上で響き渡る
本土のすべての挨拶は
電話線の暗い小路の中に蟄居している
それも北方の桃の木から
北方の雪花にまつわる伝説から伝わってくる

その声が松花江（スンガリー）畔の景色を私の部屋までもたらす
白い壁は解凍した氷のように
漂いながら激情を迸しらせている
私は受話器を握りしめる
京畿に滞在した日々を握るように　そして
傾聴と記憶の中で
音声しか感じとれない三月を送る

島で私の聴覚は敏感になる
電話のベルは私を花のように咲かせ有頂天にさせる
鼓膜を震わす声は一羽の鵬のように
私の体内で突然の翼を広げる

ピアノ

私には見える
ピアノは一匹の怪獣の骨格の如く
気高くも都市の一隅を占めている

実は彼は平民の出身である
最初は都市のアーチともガラス戸とも
燕尾服ともドレスとも無関係だった
彼の骨格と神経　呼吸と眼差しは
田舎にしっかりと繋がっていた

ピアノの音の響きは田舎の大木の音であり
野原での一匹の虫の鳴き声とも
非常に近いのだ

アムステルダム、モスクワ、パリだけが
彼の故郷なのではない
荒涼たる大地と暗雲たれこめる空も
同様に彼の夢想を隠している
風が船の帆にぶつかって死ぬとき
錨が水の中で錆びるとき
指の弾(はじ)き出した音が
音楽と呼ばれる

……
ピアノは嫌々ながら都会人の感情と調和し
持ち主の弄びから逃れられないでいる
虚栄に飾られた境遇が
清く潤い高く貴い声をだんだんにかすれさせ
ついには火葬場に運ばれた都会人のようにピアノは
焼却されて灰になる

弦は髪
鍵盤は歯
共鳴箱は唇

ピアノは都市を遠く離れた樹木の

切り倒された後に豁然と広げた空が
また樹木が根こそぎにされた後
大地に残した深い穴が
何処まで広く深いかをいつも連想させる

私には見える
ピアノが一匹の怪獣と化して
翼を生やし
都市ではただの飾りでしかなかった牢屋から
飛びたって逃げ出そうとしているのが

質問というわけではない——谷川俊太郎に

一

誰？　時間の深みで簫を吹き
簫の音を広漠たる廃墟に木霊させるのは
誰？　竹林を揺り動かし、高原を起伏させ
河の流れを陽の光りの下で痙攣させるのは

二

誰？　僧侶の愛を無理やり奪い取り
僧侶を鐘の音の中で孤独のうちに死なせるのは
誰？　数珠を揉み捩り
数珠に種の膨らむ欲望を芽生えさせるのは

三

誰？　海底の沈船のように沈黙し
記憶を錆びさせ腐爛させるのは
誰？　波の先端で波にぶつかり
咆哮する海を鎮まらせるのは

四

誰？　樹木の中に身を隠して果実を作り出し
鳥たちに天の上から飛んで来させるのは
誰？　鷲鷹の嘴を授け与えて
そいつたちに石の中の虫を啄ませるのは

五

誰？　時間を引き留めようと祈りを捧げていて
祈りの中でこっそり時間を逃がすのは
誰？　青春の花を振りかけていて
そのあとでまた青春の花びらによって埋葬されるのは

六

誰？　空想の楼閣に運び入れて
太陽をテラスで散歩させるのは
誰？　夢に樹を切り倒していて
啄木鳥たちの抗議を無視するのは

七

誰？　盗掘された古い墓の中に隠れて涼み
墓荒らしの秘訣を見つけるのは
誰？　闇市で文化財を売り
祖先の霊魂から政府に告発されるのは

八

誰？　幻覚の河原で夢遊病を患って
貝殻を拾っているのは
誰？　法螺貝をこじ開け
陸地を洪水で埋没させるのは

九

どんな指？　都会で慌ただしく薔薇を売っているのは
どんな指？　少女の股でせっかちなのは
どんな唇？　堅い契りを交わしているのは
どんな顔？　真っ昼間に消えてゆくのは

十

誰？　世界の終りの到来を予言しているのは
誰？　他の星に住むのを渇望しているのは
誰？　心のなかで地球を放棄しているのは
誰？　人類の最後を憂えているのは

蝶の死

陽射しの美しい晩秋の午後
急ぎ足を急に止めさせたのは
もう少しで私に踏みつけられそうになった道端の一羽の
　蝶
はじめ　羽を休めているのだと思ったが
しゃがんでよくみたら
もう死んでいると分かった

蝶はきっと死んだばかりだろう
長い触角はまだそよ風に軽く揺れ動いている
細長い足にはまだ大地をしっかりと掴む力が残っている
　ようだ
サングラスをかけたその目と色とりどりの羽に
陽射しが多彩に輝いている
死んだ蝶は美しい
その美しい死は
生きていたときよりも落ち着いているように見える

蝶の死は美しい言葉をたくさん思い出させる
しかし　いくら美しい言葉でも
その死をうまく表現できない
憐憫からではなく　無意識に
私は指でその蝶を用心深くつまんで
立ち入り禁止の芝生に置いた
後で考えてみれば
それは蝶に最もふさわしい葬式だったかもしれない

私はいつまでもその芝生を忘れることはできない
駅前　東西の大通りの一番目の交差点にある
高圧線鉄塔の下の

吉野山印象

時々訪れる山人のために
家の窓を直し

百年前隕石に砕かれた
屋根瓦を取り替えた
高い屋根で　私は
家の裏の若い柿の木を見た
枝いっぱいに実った柿は
希薄な空気の中で真っ赤に熟している

普通の南向きの民家だ
一本の大木に裂かれた陽射し
私は半分の陽射しの中で
屋根から柿の木に乗り移った

私の足に鳥の糞がくっついた
枝のあいだから　鳥が
広い庭の上で旋回するのが見えた
かれらの鳴き声は
庭の焚き火の炎をおさえた
煙が霧散し

遠くの山林は白くなり始め
雪が悠々と私たちに向かって降ってくる
私は冬の冷たい指の肉薄の
鋭さと情けなさを感じた

鳥たちのやかましい声の中から
山人の優しい呼び掛けが聞こえてきた
柿の木から降りてきた私に
年寄りの山人が面白いものをたくさんくれた
彼の父親が五十年前に使った杖
祖父が百年前に持っていた錆びたつるぎと
秘められた家伝の宝物

声

声の足どりは赤色である
それは鉄を泥のように削る鋭い刃の上で
走る　それから肉眼に見えない

小さい裂け目の上にしゃがんで喘ぎながら
仮寝する
浅い眠りの中で
鍛冶屋の火花が飛び散るのを
夢見る

不眠の瞳に殺意が隠れている
声はみじん切りにされ
流れ出る白い血は
大地に固まる

一片のアルカリ土壌は時間が生み出した霜
それは静寂ですべてを覆う
でこぼこの記憶は平らに鍛えられ
声は声の中で戦慄する

梅花鹿（ニホンジカ）の皮は日に当たる壁に咲いている
蜜を採る蜂は無駄足を踏んだ
約束を裏切った少女は夢の中で悔やんでいる

愛情を背負った栗毛色の馬は他郷に客死した

昨日は石炭のように黒い
それは歴史の囲炉裏の上で風に吹かれて
赤くなり　そして黒くなり
最後に無色の時間になる

塔に百年もとらえられた白い蛇と瀉血させられた鹿の叫
　び声が
どんな色か
誰が知っているだろう
また　黒い雲と雷鳴はどこからやって来るか
誰が聞き分けるだろう

この時

一

時間を引き留められる人はいない
この時は永遠に過去の過去に属する
この時

二

皚皚たる冬　雪が道と家々を覆う
寒気はごうごうと燃える火を骨抜きにする　手は
ストーブの熱に励まされて
窓ガラスの水滴を拭き取る　眩しいほど白い窓外
一匹の幼い赤狐が徘徊し　雪原に
失われた歳月を探す　東から西へと駆け回る一群の馬
その鼻孔が噴く熱い吐息は
暖かい雲となって立ち昇り　空で
春の到来を迎える

三

壁際の古いステレオが
黒人のソプラノの歌を流している　高らかな歌声
彼女の豊満で優しくリズミカルなスタイルが
シマウマに乗ってアフリカの火のような太陽の下を走る
　のを
想像できる
地球の半球から他の半球へ
蹄の音が雨のようにあらゆる音楽となって
成長する植物を
濡らす

四

ネズミは飢えをこらえて私のベッドの下の穴で交尾する
それから這い出る　穀倉の縁で
キイキイ鳴く　彼らのうぬぼれに挑まれて
雪が降る前の縁日の市で
白いひげの爺さんから買った殺鼠剤を探し出す

薬の粒々は干あがったアズキのようだ
それは劇毒を持ってはいるが　愛し合うネズミを
殺せないかもしれない

五

昨日の夕刊の活字が私の指を黒く染めた
蛇口の下で洗えば洗うほど黒くなる私の手
多くの文字が水に流され
下水道で叫びながらもがく
寒風――シベリヤからの抒情の小曲が生む
屋根の上で吹きすさぶ風の抑揚
まるで裸の活字を凍死させせようと
叫んでいるかのように

六

一梃の古い猟銃は生前の祖父の写真の目差しのうちに錆びた
牛皮の太鼓は百年も沈黙した　私の羊の皮の座布団に
まだ斧の痕が残っている

壁に貼り付けられた何枚かのウサギの皮に
大小さまざまの丸い弾丸の穴が残されている
照星をぴかぴかに磨いた目は
祖父のようであり　ウサギの皮の裏側から
弾丸の穴を透して屋内を覗く

七

魚は凍った川の中で交尾する
岸は氷が融ける日を待っている
陽射しは雪だるまの口紅に口づけし尽くす
雀の囀りは雪花ばかりの梢で痩せてゆく
栄養不良の美少女は炉辺で赤面して
夏の日の愛情を懐かしんでいる

八

アメリカ人のSF小説が
億万年後の地球の末日を連想させる
火山の爆発　洪水の氾濫　疫病の蔓延　戦争と地震
そして核の拡散

その時の地球はきっと空っぽの陋屋のようだ
それは人類を庇ったが人類に捨てられ
日の出を迎えたが陽射しに燃やされ
時間に屈服して崩壊し風化する

九

この時は絶えず時間に複製される
時間はこの時に濡れる　この時はこの時に黴を生やす
精子と卵子はこの時に結び合う　この時
私が懸崖で半眼の仏の目に合掌し敬虔の頭を垂れる時
自分の生まれ年のケネディー暗殺の銃声が微かに聞こえ
てくる
その弾丸は三十五の冬を貫いて
一時代の歴史を血の海に倒した

十

現実はいつもこうだ
一人の人が死んで
身も世もなく悲しむ人がいる
欣喜雀躍する人もいる

十一

この時はこの時であるだけで十分だ
この時を理解する者はいない
この時は過去の過去であり
この時は未来の未来である

郷愁

鳥の鳴き声はますます鳥の鳴き声らしくない
鳥が梢に立つ影は
重々しく
地面に落ち
大地に思念の苔がいっぱい生えた
美しい一匹の牝鹿が

竹垣から脱出しようとする
不毛の都市で
草原に呼びかける

風

風は聳え立った石の上から吹き始める
木は木を揺れ動き
草は草をたわわに押し曲げる
風は裸足で
大地を走る

石碑の文字を吹き払い
彫像の神化された顔面をひっぱたく
風は広場で旋回して梯子になり
宙に浮遊する冤罪で死んだ人の魂を
迎える

風は大地の上の唯一の裁判官である
それは万物を平等に見ている
風は腕であり　鋭い斧である
それはあらゆる窓を軽く叩いて挨拶し
誰も触れる勇気のない老樹を裂く

風は川をゆき海を渡り
雲に乗って月を歩く
もちろん風は人間の血管も
疾走する

風は誕生の喜びをもたらし
また地獄の訃報を伝えてくる
風にとって人間には
秘密もプライバシーもない

風が石に残した足跡は最も多く
海にしたたらせた汗は数え切れない
風は炎の中では火の鳳凰であり

波がしらの上では船の舵手である
風はいつまでも斬新であり
風の一生はただ自由しか追い求めない

無題

一

どんな季節なのか知らない
山には草がなく　木には葉がない
瀑布は高い空からリズミカルに
流れてきた

二

自然が自然の静寂を破り
雲と星は湖に落ち　水音を立てる
月は湖の底に沈み
人間の愛情を嘲笑する

三

三百段の石段を登り　青雲に入り
縹渺のお寺の前で
真面目な尼さんは琵琶を抱いて
心の中に久しく隠れていた恋歌を
奏でる

四

一頭の馬は一代の帝王を背負って
また英雄を踏み殺した
馬の四本の足は土の中に根を下す
その鬣は森と化し　草原と化す
不死の魂は庶民たちの夢の中で
狂奔する

五

類人猿が飲んだ川は涸れてしまった

河床で　耕された農作物は
熟した　収穫の喜びは
汗と血の結晶である

六

落雷に倒された一本の大木は
木の下で雨宿りをする人を負傷させる
大木の悲壮などどろきは森を燃やす
野獣と鳥の群れは大火の中で
踊る

七

仏様と神様がいつまでも沈黙する
その沈黙の本質は
土と木材　石と金属の本質である
それらは人間の指に生まれ
人間の形はあるが
人間の考えはない
祈りぬかずき　布施に来た人たちは
弱者である

八

一面の砂ぼこりは
わが肥沃な耕地と荘園を丸呑みにする
風景と人は
相次いで死んでゆく

九

八千万年以前の恐竜の化石は
砂漠の中で生き生きとする
百年も千年もあった無数のミイラは
煙のような昔のことを思い出す

十月

風は雲の落した
ゆるくて足に合わない靴を履いて

川面を滑翔する
そして波につまずいて転んで
水底に落ちる

溺死した風は川床より冷たくなる
水底ではもっと冷たい水泡が立ち
魚を遠くへ泳がせる

木の葉は落ち尽くした
風の葬式に争って参加するように
悲しげな顔に悲しげな顔を重ね
黙禱の中で腐敗する

遥かな山の紅葉が一片の火のように燃焼するのは
山の内部で真っ赤な岩漿の心臓が
鼓動しているから

私はしっかり閉めた窓の前に佇んでいる
梢の鳥たちは歌い声を隠せる場所がないことを
なげいている

子猫が小さな足取りで移動するように
十月は黙って
色彩を逃れ　暗闇に向かう

私の西の川の水面に
一足の靴が果てしなく漂う
乗る人がいない船のように
人の胸をいっぱいに淋しがらせる

冬とは無関係に

一

雪は枝にずしりのしかかり　休息
たらふく食べた白猫のように
樹から降りられない

二

樹の上の空は鍋底のように黒々と深く
鴉の黒い高鳴きからは煌めきが零れ
色を持たない冷たい流れが暗幕の下を往き来する

三

夜が降りてきた
即位した腹黒い帝王のように
そいつは一切を征服しようと
陽に照らされたことのある万物を征服しようと企（たくら）む

四

夜と雪とは二相の色である
夜がいよいよ暗くなっても　雪はやっぱり真っ白
雪がいよいよ白くなっても　夜は依然として漆黒

五

風が雪の上を吹いて来ると
風は白く変わり
少女が雪の上を歩いて来ると
雪はその色とりどりの夢を白く染める

六

常緑樹の葉は雪を被ったまま緑の光を探り当て
飢えた狼の瞳の中に揺れ動いている
氷の上にある石は氷の下へ行くことを渇望し
氷の下にある石は喘ぎようもなく
魚式の呼吸を懇願している

七

乾いた枯れ草は雪の重圧の下で
野火に焼かれたいと祈っている
その葉と茎には牛と羊の歯の痕
鎌に刈られて痛み干涸らびた緑の血の斑がまだ残り
枯れ草は懸命に歯を伸ばす
狂ったように——
そして　雪の下の土地に嚙みつく

八

真っ黒な夜がのしかかり
その夜の中を純白の雪が降り
軒下の鳥はねぐらへ帰るのを忘れてしまう
鳥達は侘びしく鳴いて
引き金を引く手を凍えさせる

九

彼方で　黄昏の火影が
夜と雪との二相の色合いで煌めき
広場中央の裸体像は
哀しげに足跡を欲しがっている
「どうぞアヒルの羽入りのどてらを持ってきて下さい」

十

雪は夜の中を降り重なり
夜は雪の上に凍結し
樹の上の雲は黒く汚れた雑巾のように
天空に凍り付いている

乞食

都市の街路に野宿する
きたならしい夢は
文明の芝生を圧殺する

樹——谷川俊太郎の「木」を読んで

樹はわれわれが死んだ後の衣服である
いろいろな形でわれわれの硬直した体につける
そしてわれわれの白骨と一緒に地下で腐敗する
あるいは火に焼かれて
小さな一箱の灰と化す
樹は間違いなく最初にこの世にやってきた一族である

一生沈黙の言葉は
すべて葉になった
命の年輪は肉体の中に咲く

地上の樹　石の上の樹
砂漠の中の樹　水中の樹
空中の樹すらも
開花し緑をひろげ
そしてたくさんの実を結ぶ

しかし　この世の中では
樹はとこしえに
たやすく壊滅される運命から逃れられない

われわれが生きているとき
樹の下で涼み　雨宿りする
あるいは樹を切って暖を取り　家を建て　家具を作り
……
われわれが樹に与えた傷は

遥かに大自然を超える

われわれは常に樹の屈強な面を見落とす
例えば雷に打ちさかれた大樹は
少しも怯まずに聳える半分の体が
大地を突き抜いた利剣のように
天空と刺し合う

なぜ死後われわれは樹の服を着て
地の下に埋められるのだろう
われわれの魂の落ち着くところが
地下で樹の根と抱き合うのを
渇望するからではないだろうか

異国の電車

西へ走る電車は海の色を帯びて
私の部屋の窓外の小さな駅に止まる

一休みするニシキヘビのように
次の駅へ這い進むために身構えている

青い車両は
電車が運んできた紺碧の海の波
固体の金属の流れで
西へ
私が最も敏感な西へ

ここは漢字が遠く嫁いだ東の国
その古いお国なまりはよく私を困惑させる
例えば　名詞の電車は
別の発音で電車を駆動させ
名詞の電車を動詞にする

西へと始動する電車はいつも感動をもたらしてくれる
涸れた郷愁も常に潤してくれる
その汽笛が西の大陸でこだますることはないとしても
レールの上を転がるその車輪が
巨大な手のように固い石と静かな時間を引き裂き
けたたましく鳴り響きながら
私を夢から目覚めさせるとしても

何回も　電車が窓外の駅から
西へ走り去った後
大気の中に
穿たれたトンネルが残されたのを感じた
まるで故郷が見える望遠鏡のように

九月

天地をくつがえす大きな黒い手は
空のそでロに隠れて
空は青くなって
雲は羊のように白く
空で草を食べたり走ったりする

蠅たたきは手首より先に疲れる
その上に凝固した人間の血は
涸れてしまった河床の縮れた地面のようで
また大きな死んだ魚の剝げ落ちた
鱗のようだ
それは大地の衰えた皮膚であり
記憶のない痛みである

いつも夜に歌う蚊は
小さな野心家
彼らの尖った嘴　長い足は
夢の天秤で踊る
彼らの陰謀は九月の分銅に転覆され
歌声と飛んでいる姿は
壁の上の生きた標本になる

石榴の裂けた緋色の薄い唇の中に
きれいな歯が並んでいる
その個々の歯は宝石で
歳月の悠久につれて貴重になる
腐った果実は肥料になって
地下の果樹の根を潤す
次第に枯れていった野草は
火に焼かれるのを待っている

発熱した木々は快復し
湖は澄んだ　雷の音は
生娘のおならのように小さい

春

乳房に輪郭を描かせ
風を緑に染め
少女の細い腰をくねらせ
屋根の上の煙突を沈黙させ
替え刃のように木の葉に陽射しを切り裂かせ

一匹の昆虫を私の左目で溺死させ
井戸に映った雲を女に汲ませ
雪だるまが溶ける野原の草を茂らせ
森に自らの木の香が漂う音楽を奏でさせ
年輪に樹木の生長を忘れさせ
無名の枝先に植物の名を発芽させ
路傍の山菜を採りつくさせ
殻を突き破った雛がフクロウの鋭い眼を畏れないように
し
暗渠で長くなった蚊の口先に人間の睡眠を邪魔させ
都会の情欲を青いガラスの奥で膨らまさせ
寺の鐘の音に木霊するのを忘れさせ
彫像の目つきを好色にし
船を居眠りさせて魚に翼が生える夢を見させ
十五夜の明月に人間の考えを支配させ
海岸で集団自殺した鯨に黙禱させ
解読不能の化石を更に解読不能にし
人間が芝生の衣裳を纏うようにする

アンダンテ・カンタービレ

あなたの顔に浮かんだ朝は　太陽が昇ってくると
消えてゆく　目に輝いていた曙は黄ばむ
門前の樹木は一晩のうちに家の高さを超え
千里の外の川は水嵩を増して帆影と船歌を水浸しにする

朝　見えない年輪は音盤のように
樹の芯で鳴り響く　鷲は人骨を銜えて
太陽へと火葬しにいく　木の股に作られた鳥の巣は
失火する　室内のほら貝の標本から
大きな波音がしぶきを上げる

満潮になった
私の指はあなたの命の香りに濡れ
私の夜はあなたの丘の間に沈む
鳥の声が山の脊骨を曲げ　あなたを囁かせ
二つの季節にわたって栄えてきた草原を枯死させる

暗闇は私の罪深い指で燃える
ぼうぼうと燃え上がる炎の中　一万の過去は一万の花束
　になり
あなたの右目でうなだれて枯れる

生活はもともと一本の徒長する木であり
空を突き破ることもできる　水は天から降ってきて
木を溺死させる　洪水の中で私は
あなたが気ままに摘み取った一枚の木の葉に救われ
その木の葉に乗って　洪水の引く日を
待ち望む

そうして岸が誕生した
それは赤ん坊の皮膚のようにしなやかだ
草は岸辺の泥土の下の砂に根をおろし
海と河の秘密を実らせる
あなたも私もほころびようとする岸辺の蕾だ
風に吹き飛ばされ、鳥に銜えて行かれ

水から遠く離れた陸地と大山の奥処で育ち
それから浮遊する島々に運ばれて再び共生する

それはいったいだれだ
暗闇の中で顔を覆い隠し
病菌を爪の中で繁殖させ　そして
蚤虱のように私たちの皮膚と服の隙間に産卵し
私の皮膚を弛ませ　あなたの乳房を萎ませる

私はあなたの黎明で夜を懐かしむ
露の玉と薄い霧が陽射しに拾われまた黄昏へ抛られるよ
　うに
夜であるあなたは私の黎明に到着するのを渇望する
星々と漁火が暗闇を燃やし尽くそうとするように
だれが人差し指で私の唇をそっと押さえたのか
だれが細い指で玉蜀黍を剝くように
あなたを一枚一枚剝いたのか
あなたの赤裸々な白い歯は成熟の光を放ち

私はあなたの狂気に似た抒情に咀嚼される
そのため私の部屋は燃えて褐色の雲になる
風の前を走り　あなたのゆらめくスカートの下に隠れ
私は自分を小さく小さくする。私はどんなに一滴の液体
　の命と化し
あなたの暖かい子宮で泳いでいたいことか

夢は黒だ
青春は黒だ
未来と歴史は黒だ
死も黒だ

富士山

ずっと気になるのはその
夏の末に早々と雪を被る平らな頂上である
白雲にますます白く拭かれた峰は
意外にも無数の視線と賛嘆の声にも融けなかった
その中空の雪は
積もれば積もるほど厚く
秋が過ぎ去った後　それは
厳然と一個の雪山の風景を現した

日本語を知る前から
私は既に彼を知っていた
彼は俗っぽく画布に描かれていた
華やかな色彩が目を奪う　あるいは真に迫って生き生き
　としている
彼が描かれた扇子を握って
夏に涼しい風を扇いだことがある

その後私は彼に登ったが
頂上の火口には到達できなかった
だから私は常に思う
その火口はきっとえぐられた片目の眼窩のように
虚しくて抽象的な眼差しで

数百年来ずっと空と見つめ合っていると
時間が
爆発し噴出した憤怒をとっくに凝固させたが
その焦げた黒い岩は一枚の膏薬のように
いつまでも大地の胸に貼り付いている
空の高さを突き破らなかったけれども
矮小が恥辱を意味しないけれども……

多くの人は彼が死んだと思っているが
実は彼の命は正に人々の無知の中に生きている
あらゆる人が彼は一国の象徴であることを知っているが
しかしわずかな人だけが
彼の象徴の中に隠された歴史の痛みを悟っている

無題

左手か右手のどの指が
夢の中で血を流したのか
自分さえはっきり分からない
大勢の見知らぬ人が
私を囲んで
目で私の代わりに
痛いと叫んでいる

私の指から夢のような色の血が流れている
見知らぬ人たちの目から夢のような色の涙が流れている

老いた家

門前の二つの頭のない石獅子は
老いた家の二つの八重歯
それが家を醜くし
また美しくしている

家は老いつづけ

瓦礫には命の苔がいっぱい生えている
窓――老いた家の濁った眼を透かして
その心のうちを窺うすべはない

鳥すら老いた家の軒下には巣を作らない
破れた蜘蛛の巣に
歳月の埃がたっぷり降り積もり
老いた家の年齢は既に死に
それはまたわれわれの腕の中で
死んでゆくすべての時間
上古まで遡っても
老いた家が一体何者の先祖なのか分からない

だからわれわれはいつも老いた家に嚙み砕かれ
その門が開かれようが閉じられようが
過去と未来の光が　空から
われわれの間近に迫ってくるのを感じる

門前の二つの頭のない石獅子は
老いた家のもう役に立たなくなった歯
家は確かに年老いたが
われわれより長生きする運命と定められている

死を夢見る

私は自分の死を夢見た

その死は白色である
白い涙は雨のように私のために流れる
白い花は雲のように私のために舞い落ちる

私は正午に死んだ
正午は白色である
白い風は私の死によって固まる
白い波は別の泣き声となる

また冷たい白い陽射しは

大地の上で震える
私は白い棺の中で横になり
世と隔絶する
三頭の栗毛色の馬が仕立てた馬車に引っ張られる
見知らない道で
馬は泣き声を引っ張って
四本の足がもうもうと舞い上がった白い埃を掻き起こす

馬は走り疲れた
泥土はまだ墓堀人の鍬の上で飛び散る
私は棺の中の残りの少ない酸素を呼吸しながら
別の色の死に瀕する

泣き声は果実の完熟で裂けた核からも
木のまたにある個々のカラスの巣からもくる
馬車は広い川の上で揺れる小舟のようだ
私は木の香りの中で書き残した詩篇を点検し
カラスの黒い歌い声を罵ったことを懺悔して
地上の万物に謝罪する

私はある土地で安らかに眠る
私の肉体、骨格と魂の中で
蠢いて私を食い尽くしてから
白くてきれいなどくろの上で
死んでゆくうじ虫は白色である

詩歌、思想、記憶と私のすべては
きっと泥土と肥料に化す
その泥土と肥料はいつか白色になり
或いは　風化され風となり
空の下でぴゅうと音を立てる

私は自分の死が白色であることを
夢見た
地獄の扉も白色である

夜明け前の汽車

——一九八九年天安門にいた一人の女子学生に

一

僕ほどその響きを聴く人はいない
樹木にすっぽり覆われた三キロ先の村の
枯れた楡で作られた木のベッドで
窓が十二月の寒気を阻むが
汽車の音はやはりぴったり閉められないドアと壁の裂け
　目から入ってきた
そのリズムはデシベルの高いロックに負けない
高らかで勇ましくて且つ抒情的、感動的で　僕の血液の
　流れを加速させる
僕は睫毛についた凝固した暗夜を拭きとった
何回も啼く鶏と吠える犬を除けば　僕は長い夜から目覚
　めた初めての人だ
汽車は轟々と南から北へ走り
僕がよく通り過ぎるトンネルを通り抜けているらしい
トンネルは太鼓のように汽車にたたかれ　ドーンドーン
　と鳴り響いている
ドーンドーン　ドーンドーン

二

北へ行く汽車は初夏の恋を思い出させる
僕らは汽車を真似てレールの上を駆け　北へ
冬にも夏にも最も近い北のほうへ
その日　僕らは汽車を追い越して
汽車より早く終点に着いた　僕らが着いたとき
汽車はまだ翌日の夜明けを運んできていない　遅れてき
　た黎明は
僕らの目を暗くした　暗い僕らの目の前は
まさに太陽の心臓だ　僕らは手探りしたが
ただじとじとした叫びしか見つけられなかった
パンとサイダーを　暖かい手を与えてくれたが
実は僕らはとっくに空腹を忘れた　僕らは暗闇の中を狂
　奔し
夜明け前の汽車のように
奥深くて頑固な暗闇へ幽かな光を発し

頭が太陽の壁にぶつかって血を流した
僕らは喘ぎながら僕らの祖国を呼吸し
僕らの祖国は僕ら青春の体内ではあはあ言って
まるで健康な体の中で喘息にかかったようだ
僕らはその病因が分かる若手医師で
手に持った薬は祖国の体内の病菌を殺せないが
祖国の体内の病菌はかえって僕らを殺している

三

彼女は倒れた　僕の最愛の恋人　初夏の夜明け前に
汽車が通り過ぎるこの時間に
太陽の下で成熟し豊満になった向日葵の種が彼女に命中
　した
その向日葵はかつて僕らの心の中ではアポロだったのに
小さい頃僕らはそれを囲んで歌ったり踊ったりして
大きくなったらやはりそれを仰ぎ見て讃えつづけたのに
彼女は血の中に倒れた　根のない向日葵の下で
弱々しくなった最後の一息で、「中国よ！　中国！」と
　言った

彼女は去った、静かに
心の崩れる音は汽車より十倍も大きい
彼女を英雄と命名する者はいないが
僕が生きているのは彼女を証明するためだ
——僕は彼女の生きている墓碑なのだ

四

僕はまるで彼女の心臓から流れ出たばかりの一滴の血の
　ように
残ったわずか一滴の血の力で帰途の汽車によじのぼった
汽車のいたるところ死の幽霊だ
彼らは互いにぶつかり合いながら号泣し
火花を飛び散らせた
僕は車内に立ち、ハエはその高尚な目で僕を睨み
亡霊はその狂気めいた踊りで僕を囲んでいた
薄暗いランプの光の中で
僕は死のリズムを感じた
夜明け前の汽車のように轟々と僕の心を轢いた
死の声は地球に巻きつく白い帯で

一重また一重と僕を巻いた
一重また一重と

五

僕は僕らが出発した部屋に戻った。小雨は
あらゆる音を濡らし
記憶の奥でしだいに血の色になる
雨後の平和は魔の手を
僕の喉から心に伸ばし入れた
一つの新しい墓はこのようにして僕の心の中に
盛り上がってきた。それは中国のあらゆる峰よりも高い

六

夜明け前の汽車は暗夜が
終点へと発射したかぶら矢だ
それはただ瞬間のうちに音を残し
勢いをだんだん弱くして　最後には消えた
しかし　その一瞬の音は
一人の人ともっと多くの人を思い出させた
一つの事件とその事件以外の事件
一つの声とその声以外の声
一つの時間とその時間以外の時間も思い出させた
布団の中で　僕は片手で往事を追想し
片手で恋人に小さな手で握られたことがある生命の根を握った
僕はもう一度京広線*のそばにいて生きているために悩むように
汽車の鉄鋼の車輪がレールを転がり　時間と陽光をひきつぶして
狂気じみた叫びをたてながら北へと疾駆していくのを見た

夜明け前の汽車は
鋭いナイフのように地球の肌に切り傷を残し
また空の肌も切り裂いた
血を流した空は痛みをしのび
汽車が吐き出した煤煙は脱脂綿のように空の傷口をふさいだ

傷つけられた空と大地は汽車を憎まないことを
僕は知っている
まるでベッドに横たわった僕が
僕の祖国を憎んではいないように
夜明け前に通り過ぎた汽車が僕を闇夜から呼び覚ました
のだ

＊北京と広州をつなげる中国最長の鉄道。

日本語と母語と私——あとがきにかえて

日本語の前で、私はいつまでも未熟で不自由な表現者である。

一般的にいえば、詩人は、生涯、自分の母語を守るものである。というのは、あらゆる種類の創作者のうち、詩人だけが母語の申し子だからだ。リルケのフランス語作品やブロツキーの英語作品は彼らの母語作品に負けていると思われる。同様に、文学の表現力はまず母語の表現能力にかかっている、と私は思う。特に、私のように、母国で母語による大学教育を受け、二十六歳で中途から日本語を習い始めた者にとっては。母語は詩人の血液であり、命が終止符を打つまで肉体と魂の隅々を流れているものだ。母語のほかに（もちろん母語が決定された後に）後天的な学習によって身につけた言語は、それがヨーロッパ語であれ、アジア語であれ、母語と匹敵しがたいだろう。私の創作経験でいえば、後天的な言語はいつも母語の言語意識の下にあり、母語を超克するのはかなり困難なことである。言語に対する敏感さと好奇心、及び語感、語義、語境などに対する合理的な扱いは詩人を作るのに欠けてはならない条件でもある。これが留日以来、なかなか日本語で詩を書く勇気が出せなかった理由であろう。

でも正直にいうと、最初日本語で詩を書いたのは、日本語の詩人になろうという考えより、むしろ、運良く何十万円の賞金をもらえたらいいな、という功利的な考えからだった。これが第一回「留学生文学賞」（旧ボヤン賞）に応募した理由だった。この受賞によって日本語で創作する勇気と自信をつけられたとはっきりいえるが、そういう試みの背景には、長期間にわたる谷川俊太郎の詩の翻訳という経験があった。彼の美しい詩の深い言葉とその言葉の「やさしさの重み」が、私と日本語との間の距離を縮め、日本語でものを書くことへの内的抵抗を緩めてくれ、私に日本語を徹底的に信頼させ、日本語への愛情を深めさせたのである。

私は漢字の古里から来た「特殊な」外国人だからかもしれないが、いつも日本語はきわめてロマンチックで詩的な言語だと思う。それは、漢字の表意や象形の特徴も備えているし、ローマ字の抽象的特徴も備えている。そして、表記においては漢字、平仮名、カタカナ、ローマ字という四つの顔を持っているし、表現上においては、多義性がありながらも高度な構造を持っている。日本語の多元性と独特な言語空間はこんなところに由来しているのだろう。私にとって、それこそが最大の魅力であり、この日本語による処女詩集が誕生したきっかけでもあっただろう。

谷川詩学から、詩の魅力は感性によってもたらされるものだという示唆を受けた。感性的資質と豊かな想像力、及び言葉をコントロールする能力は、詩の質に直接影響をしていると思う。この点については、谷川詩や他の偉大な詩人の作品によっても既に証明されている。日本語で創作をしていくうちに、日本語という、私にとって母語以外の言語を通じて、創作の「自己革命」と「換骨奪胎」を図っていることに気づくようになった。この詩集に所収された作品がその目的に達しているかどうかはわからないが、私としては、意識的に中国的抒情から脱出し、無意味な抽象や日常生活レベルのみの叙述を避けようと試みた。しかし、私は母語的な考え方と中国式の文化的情緒から抜け出すことができないし、自分の生きてきた体験と記憶を裏切るわけにはいかない。私はただ、自分の限られた日本語語彙の中からできるだけ簡潔できれいな表現や、更なる大きな意義を抽出しようと努めている。

日本語が私を受け入れてくれたこと、順調に修士論文と博士論文を完成させてくれたことに感謝している。この経験によって、私には母語の短所が分かり、また母語の長所も感じることができた。

ここで、いままで他の拙作を翻訳してくださった桑山龍平、財部鳥子、竹内新諸先生に、また、拙作に言及してくださった大岡信、荒川洋治、栖原暁諸先生に、感謝しなければならない。この詩集は、この方々や多くの師や友人に励まされた結果によって生れたものである。帯文を書いていただいた谷川俊太郎先生には特別の感謝の意を表わさなければならない。先生は私の創作の模範であり、私の最も尊敬する先輩詩人でもある。さらに、ある意味でいえば、私の日本語の最高の先生である。

最後に、本書の刊行に踏み切って下さった小田久郎さんに心からの感謝を捧げる。また、担当編集者の藤井一乃さんにも御礼を申しあげる。

二〇〇四年　猛暑の仙台にて　　田原

（『そうして岸が誕生した』二〇〇四年思潮社刊）

詩集〈石の記憶〉全篇

梅雨

垂直に落下する梅の香りは梅雨に濡れない
風にたわむ傘の上でロごもる雨の滴りは
シルク・ロードを旅したがっている
濡れたのは足元から消えた地平線だけ
山は風のこだまを隠して
スポンジのように雨水を貪婪に吸い込む
木の葉は思いきり雨粒を浴びながら緑を深めていく
空の奥にくすぶっている太陽はみずからの裸を待ちあぐむ
かびが密かに月の裏側にはびこっていくうちに
朽木はキノコの形を構想している

田舎町

叙述が壟断する
記憶に沿って南下すると
川に臨む田舎町で
偶然出会った犬の鳴き声が
僕の郷愁を呼び覚ます

戦禍に壊れた木造の民家は文字によって復元された
澄みきった水の中で
魚の鱗はその時の星の光を帯びて
水底にキラキラ光る

そのように長い歳月を経て
川の流れは疲れ果てた包帯だ
それは傷ついた村や山を包み縛っている
世の激しい移り変わりの船着き場は
遠くに清く澄んだ水源を眺め
あたかも老いるのを待っている船頭のように

ひとしきり咳に付き従って
黒い苫舟を漕ぎ
川を遡って帰る

すっくと聳え立つ老木に
チュンチュン鳴く雀は
黒い石道を歩く足音を数えている
壊れた古寺で
円寂した和尚が極楽を夢に見る

かすかに伝わってくる舟歌は
下流で木霊し
舟を載せているのに
水は流れず
自然の音に混じるその咳

遮るもののない
空は鏡だ
記憶の黒斑を反射する

時代の逆さ影は
水中で揺れ動き
おぼろなものになる

旅先の田舎町
不慣れな感じが暗闇によって薄められた夜
僕は夢の中で血を吐き
老船頭の煙管の明滅する雁首が
僕の顔を明るく照らす瞬間を夢に見る

ゴーリキーの死

愛息マクシム・ペシュコフの死があなたを悲しませ
その悲しみはモスクワ郊外の
広い白樺林とコントラストをなしている
マクシム・ペシュコフの夢はそこで成長する

一九三六年五月のある日

ゴールキ村へ行く途中
あなたは息子と話をするために墓地に行った
そのひそやかな足音は一千万トンほどの重さがあった

あなたはそのため死の流感に感染した
病院の風はあなたの気管の中で走り
点滴の水薬はあなたの血管の中で沸きかえる
あなたは喀血したが　その色は
革命の赤に及ばない　共産主義の
酸素ボンベはあなたにすべて吸い尽くされる

あなたは息子の嫁に
春に死にたい
緑と花の抱擁の中で死にたいと言ったが
死神があなたに
死の春を与えなかった

第一の妻エカチェリーナ・ヴォルジナは
あなたの大地

第二の妻アンドレーエヴァは
あなたの空
彼女らはあなたの最期の日々に
苦しい目付きであなたの目を閉じさせた

スターリンの見舞いがあなたを興奮させた
（彼こそあなたの死の元凶かもしれない）
ゴーリキー――空高く飛んだ海燕よ
翼の上の陽射しはどんなに燦然としているだろう

一九三六年五月十八日
あなたの名前をつけた飛行機の墜落は
一種の前兆のようだ
六月十八日午前二時十分
アレクセイ・マクシモヴィッチ・ペシュコフ*が死んだ

*ゴーリキーの本名である。

狂想曲

海底の城は水に撫でられて　気ままに想像する
時間は次第に歴史の姿を復元する
懸崖の上で　高さ百メートルの仏像の耳は風に吹き落とされるが
依然としてかすかに閉じられた目で世の中に耳を澄ましている

人魚は海藻のスカートを穿いて軽やかに踊り
沈没船で水葬を夢見ている船長
小魚はサメの口の中に隠れてひと休みし
海面で日差しを享受する昆布は腕を日焼けした

砂漠は嵐の襲撃を待ち望み
草原で　馬は激しく交配している
トカゲは頑強に抵抗する虫を追いかけている
地中の飢渇な精霊は鉄の塔に押さえつけられ
その湖の耳には雷鳴が注がれて溢れる

一本の大木が倒された地響きは
森の溜息だ
鳥たちは銃声の傷を背負って
帰巣して卵を産む
ムササビは黒い幽霊のように
木から木へと跳んで
食べ物を見つけようとする

灯籠は川を流れてゆき
ますます濁ってきた水面で螢のように光り
人々に内面の感嘆を洩らさせる
焚火は少女たちのラブソングの中で消えてしまう
薪を縛る樵の縄は蛇になり
山腹でうねうねと延びてゆく

牧人は短刀でヤギの腹を切り裂き
日覆いに秘密をいっぱい繁らせたひょうたんが破れる
絶滅した猛獣は伝説の中で復活し

ミイラの憂鬱は時間に解読される
やさしい羊の群れは飢えた狼の瞳から逃れられない

モンゴル　決まって地平線から昇ってくる草原
ベネチア　次第に海水に飲み込まれた都市
北中国　少しずつ黄砂に埋葬されてゆく陸地
地球　文明に十分傷つけられた星

人類は月面に多くの嘘を落書きをし
宇宙のゴミはひそかに大西洋に墜落する
人間よ！　われわれは静かに風の音に耳を傾けながら
昇ってきた太陽と星月の光を眺めていよう
それから　お互いの顔もはっきり見よう

墓

数羽のさえずる鳥が
周囲の静寂を破り
墓の上にとまる

涼風がひとしきり
目に見えない木櫛のように
墓の上の枯草を梳く

死者は運ばれ埋められ
悲しみと記憶は
その時からここに定着する

生者はやって来て
墓碑の前で手を合わせ
足跡を残して　去る

砂漠は駱駝の墓
海は水夫の墓
地球は文明の墓

墓は死のもうひとつの形

美しい乳房のように
大地の胸に隆起する
墓も成長する　そこに立ったまま
洪水が流れ込もうとも
暴風に曝され砂塵に覆われようとも

墓は
地平線に育てられた耳だ
誰の足音かを聞き分けている

鳥との関わり

飛んで来たり飛んで行ったりと言っても
それは鳥たち自身の事情だが
その起居振る舞いはいつも僕の気持ちに影響してくる
要するにその鳴きようは　あるときは歌うように聞こえ
またひどく嘆き悲しむように聞こえるのである

どんより曇った日　彼らは翼を使って
遠方の陽の光を背負ってきて
僕の薄暗い心の中を暖め明るくする
空がもし晴れ上がったなら
僕の暗く冷たい室内が今度は彼らの
さえずりによって生気に満ち溢れる

生きている鳥は
僕の死の証人になっている
画集に静止している鳥は
僕の呼吸や眼差しを感じ取っている

たとえ暗い夢の中でも
鳥はちょうど稲光する妖怪のようで
歌声を残した後は己の影へ隠れ
彼らの羽の色や目を記憶させない

よく僕が窓に向かって坐り

想像する鳥は
大雨を引き連れてやって来て
翼を猛烈に震わせて
激しく降る雨粒のように
大地にぶつける

彼らがいつも水を飲み足を洗う河は
ひねくれて曲がる
湾曲部は狂ったように草を生い茂らせ
毒蛇の口をその中に潜ませ
湾曲した水流は樹冠や
枝の股の巣を流し去る

そしてそのあらゆる一切が
透明な窓ガラスの内に発生するのである
薄くて脆いガラスは
僕と鳥や世界との距離である

ある日　梢から飛び立った鳥は
炎の光のように
瞬くや否や消え去った
彼が残した鳴き声は尾を引き
僕の静かな心を驚かせていった

星

空には国境がないから
星はみな自由に煌いている
明るい星　ほの暗い星　明滅する星も
地球に星印は星の数に負けないほど多い
それは国と人間の違いによって分けられている
だから　人類はいくら星に憧れても
星印はただの星印で
自ら光を発することはできない

向日葵とわたし

月が色褪せた　星は
盲人の瞳だ
女の向日葵はやつれた太陽の下で
実った　彼女らの秘密の種が
わたしの指でつまれ口に入れられ
歯で一つ一つ噛まれるのを待っている

向日葵が切り落されたと同時に愛情も
失われた　大地に残された向日葵の茎は
理由もなく勃起するペニスのように
空に硬く突き出ている　その血は
緑から白に変り
そして風向きしだいで流れて
大地に何の跡も残さない

刈り入れるためのわたしの鎌は記憶の壁で
錆びた　ぎらぎら光るのは
向日葵の種という小さな匕首だ
彼女らは歯が磨り減っている
歯と歯の間で太陽の光と熱を発している

向日葵の種は液体から肉体に変った人間と
違う　彼女らは固体から液体に変り
白い液体はわたしの舌から
食道に送られる　彼女らの膚に固まった
陽射と月光と稲妻と一緒に
種は少女の匂いを帯びて
わたしの舌根と歯の隙間に絡みつく

夢も欲望も白だ
わたしは同じ味覚の中で満足することができない

海の顔

巨大な吸盤のように　海の顔は

ときに穏やかで　ときに恐ろしく
波間に寛容と酷薄を同時に秘めている
繰り返し浜辺を濡らすその潮は
海の口から流れ出た涎

あらゆる船は海の餌
優しいイルカも凶暴なサメも
海から昇り海に沈んでゆく太陽も
水葬される船乗りの魂さえも

たまに口を大きく開け海は
白い飛沫をあげて世間を罵り
怯える鷗は暗闇のなかに姿を消す
老木は倒れ　家々の屋根は飛ばされ
そして　虹の傘を広げ

地球に巻きつく水平線は海の髪
島は鼻　波は舌　暗礁は牙
でも　誰にも描くことはできない
あなたと私を見つめる海の顔全体は

亡命者

祖国の風は
あなたの心の中のともしびを吹き消したのか
それとも異郷の太陽は
あなたが遠出することを誘惑したのか

体の向きを変えたことは裏切る行為ではないが
しかし　体の向きを変えた瞬間
あなたといっしょに成長して来た地平線は
やはりあなたの足もとから
懸命にもがいて消え去る

遠方はあなたのすべての頭陀袋だ
それを背負って
あなたの母語を背負っているかのように

あなたを聞き慣れない鳥の囀りと光とに
馴染ませる

海は永遠に大目に見る
すべての船を動かす
空は永遠に無慈悲で
いかなる人の魂を留めてやらない

黒雲より重いのは
誰の気持ちでしょう？
闇夜より暗黒なのは
どんな人の眼でしょう？

流木のように　亡命者は
自分の落ち着き先を断定できない
彼の両脚は
運命にしっかり握り締める太鼓のバチだ
いつでもどこでも
大地この疲れた太鼓を鳴らしてたたく

彼岸より遥か遠いのは真理だ
追放より長々としたのは侮辱だ

網膜にうつされた風景は支離滅裂
祖国は依然として彼の夢に見た古里
郷愁は埠頭から始まり
母語は死ぬまで続く

箴言ではない

君のまわりで吹いた風が消えていった
空がいたずらに高くなるほど晴れている
僕たちがもたれた大木が
老い始める

すると　君も風のように消えてしまった
訪れた夕闇は
君の足跡をすべて拾っていった

記憶の河原で
僕は破れた空っぽな船になり
容赦のない嵐を避けるように
喘ぎながら岸につく

風が全部君にもたらしていったようだ
停滞の空気に
知らない顔が漂い
君と僕を隔てる
昼と夜の境界線に
複雑な世界は変装している

旅人は孤独と距離に無感覚になり始める
洪水が氾濫するのは川が岸を裏切るからだ
航路標識が赤面の老婦人のように
水面にいっぱい寓言を書く

君が消えた後
君はいつまでも川と関わるようになった

君が消えた後
僕は風の遺骸になり
地平線で散らばっている

晩鐘

いま　私はその鬱陶しい響きの中で老けてゆく
嵐の後の海面のように　音の波が
砂浜と海岸をやさしく舐める　いま
鐘の音に覆われた都市は老けてゆく
それに縛られた人間はひもを振り切る
昼に彼らは精神の旗をかけて熟睡し
夜に彼らは理想の矛を担いで夢遊する
鐘の音は紊乱の足取りに踏み砕かれ
そして風に天地の果てまで吹き飛ばされる
仮寝の樹木は鐘の音を拒むようだ
そのあかぎれの切れた皮膚に包まれた年輪の中は

鐘の音の音盤であり　木の中で響き
木の芯で冬眠している虫を目覚めさせる
しかしそれはまた夜中に枝に飛び返った鳥たちの催眠曲
　である
鐘の音　鐘の音

その飛行する音と落下する音は
滝が天から流れ落ちるように激越で
柳絮が舞い上がるようにしなやかである
雲に触れて　雲は音の花を咲かせ
田に落ちて　大地は天外の星のように落下する
鐘の音　鐘の音

それを鳴らした指はとっくに地下で腐敗した
しかし先祖の不死の魂は
ある土地の中で耳を澄まして聞いている
鐘の音は六朝五府を響いてくる
古代のローマ　インドとチベット高原を響いてくる
星空と地表をも響いてくる

石はその響きの中で風化する
大河はその響きの中で涸れてしまう
人類はその響きの中で死生する

私は鐘の音の中の暴動と一揆を思い出す
鐘の音の中の陰謀と計略も思い出す
暗い歳月において　鐘の音は鐘の音である
明るい日々において　鐘の音はやはり鐘の音である
時間はその音質を変えられないが
それはかえって時間と日々を変えてゆく

それはいつも大きな黒い羽根をばたばたさせる
時には蝙蝠のように私の目を遮ったことがあるが
カラスのようではなく　鳴き声が人を呪う内容を持って
　いる
コウテンシのようではなく　囀りが美しい
そして銅鑼のようでもなく　快く響く
それは素朴であるほど鬱陶しく　金属の重さを帯びて
母親の呼び声のようである

その鳴り響きを低くする雷鳴はない
それより多くの感動をもたらしてくれる音楽もない
私は鐘の音の中に生き　歴史を傾聴する
私は鐘の音の中に死に　未来を傾聴する
そしてそれにやさしく埋葬される

鐘の音は石と火から来たものであると知っている
それは先祖の命と知恵の結晶であると
さらに　知っている

黎明

一羽の鳥が朝の空で叫んでいる
黎明の外殻を啄ばみ破る
始発電車の鳴らした汽笛が
利剣のように
早朝の静寂の体内に刺し込む

目覚し時計の音楽が私を起こしていない
黎明はすでに真っ赤な海から立ち上がった
寒気を総身にまとい
私の窓の前に佇んでいる

夢のなかの川

夢のなかの川は私の故郷に漲っている
伝説にある川に似て
ぼんやり残る鞭の痕
代々の人々の記憶のなかで
打たれ続ける

アーチ形の石橋がかかっている
依然として石の強さと硬さで
重みに耐え　嵐を防ぐ
欄干に刻まれた筏は漂泊に飽き

橋のたもとの碑文の分かる人はもういない
夢のなかの川は西から東の海へと流れ込む
その上流は高原と雪山につらなる
そこは天国に近く
骨を埋めるのによい場所だ

遥か遠い祖先より人々は川に潤され　生きそして死んで
　ゆく
旱魃の田畑は川に灌漑され　食糧を作る
夢のなかの川
あたかも伝えられなくなった母語の一節のように
故郷の大地を響きわたってゆく

洪水に流され　壊れた家々は
すでに夢とかかわりなく
決壊したその堤防は
牛馬によって堅く踏み固められ
トンボと少年が走ってゆく

小さな船着き場に　見えない手
舫い綱を解く
しかし　やってきたもう一艘の船は
郷愁を満載しているかのように
息を切らしながら接岸しようとしている

内田宗仁に捧げる挽歌

内田宗仁、一九七二年五月十八日に佐賀県吉野ヶ里付近の三田川町に生まれ、一九九五年三月天理大学卒業。在学中、アメリカン・ラグビークラブのメイン・メンバー。僕はこの大学に留学した際、彼と同じ北寮に住んでいた。その時、内田君は寮の責任者であった。知りあってから二年余りの間、兄弟のように親しい付きあいがつづいていた。一九九四年の末頃には、内田君に誘われてお宅にお邪魔し、忘れがたい一週間を過ごした。二〇〇一年十二月上旬、内田君が六日に自ら命を絶ったという思いがけぬ訃報を聞いた。驚愕のあまり、頭が空白になってしまい、心が痛みで崩れ始めた。そこで、悲しみの涙をこぼしながらこの詩を書いた。

僕は太陽の寒さを感じた
震える両手を急いで
自分の頭に差しこんで
自殺や死亡に関わるすべての言葉を
ほじくり出そうとする

十二月　突然の訃報が
暖かい陽射しを凍るほど硬くした
それは僕の南向きの窓の外で
凍結した瀑布のよう
長剣のように空を突き刺す
僕の目線の突き当たりに聳え立つ

太陽の眩しい冷たい光の中で
世界はなんと蒼白なのだろう
蒼白な世界で
獰猛な面構えをした悪魔が
見えつ隠れつする

それは時には真っ赤な牙をむき出して
万物を脅かし
時には生霊をも丸呑みにする巨舌を
口の中に縮めて
まるで偽善者のような顔つきをしている

だが君は同じく無辜者なのだ！　宗仁
実は僕は君より
太陽の下の罪悪と生きる悩みをよく知っているのだが
僕は詰問したくないのに　君はなんで
死の封印の紙を僕の唇いっぱいに貼り付け　なんで
ラグビーのボールを抱えた両腕で
自分の命を投げ出してしまったのか？
……

この時　僕はただ黙って祈りたい
君の二十九の若い太陽が
いつまでも燃焼するようにと
そして心の一隅で君のために

青いレンガの新しい家を建て
君が永遠に安息し夢想できるようにと

君の選択に向かって
沈黙は肉体の中に化石となり
泉のような熱い涙は余計なものになってしまう
僕はいつか老いて去り逝く
そのとき　必ず一陣の風と化し
すでに石に刻まれた君の名前を
そよそよと撫でることだろう

七月

七月は少女の乳房を大きくし
少女の指を長くする
七月の少女は優しくて　大胆で多情である
彼女はいままでのあらゆる日々を折り畳み
またこれからの日々をつないでいく

秋風が落ち葉を吹き飛ばすように
私のこれからの日々が空につながる

地平線に陰干しにされる　七月
私の石榴の種のような涙は
灼熱の石になって
大地を黒く焼く
まなざしが短くなり
海岸と山々が見えなくなる
海は少女に欲情をそそられて満潮になる
波が私のまぶたの下で逆巻く
先の欠けた刃の上で
風は時間を引っ張って歴史と一緒に転がる
記憶の傷口が戦慄している
瀕死の老人の枯れた命令の声は汚い塩粒のように
その傷口で溶ける

七月は金属と両手の力を借りて
金属を精錬する別の両手に枷をかける

本来　金属は橋とレール
あるいはロケットとペンを造るが
ここでは金属は囚人と一緒に
闇の監獄に閉ざされて　錆び果てる

欲情が飽満した七月は
暴雨と洪水の洗礼
大河の濁流が海へ雪崩れ込む
魚腹の中の秘密が実る
蟬は蟬の鳴き騒ぎの中で死に
鰐の涙は鰐を毒死させる
蛙の鳴き声　法螺貝とぶんぶんと舞う蚊は
肉体を賛美する詩篇を朗読している

七月　雲は少女の乳房の谷間に身をかわして
雷の音を隠す　少女は
雲の靴を履いて大地で漂って
蓮のよう浮き草のようである
小さくて　少女の皮膚にびっしりと包まれた
心は土から突き出した種のように
私の舌先で膨らむ

子供の笑い声が聞こえない
老人の優しい目つきも見えない
七月は少女の髪の糸にしっかりと張られ
少女の吐息に独占される
私は息をつめて
汗みずくになる

記憶

人間の記憶は
暗渠のようにささらぐ
疲れも知らずに
死ぬまで流れる

歴史の記憶は

海のように消えない
地球が崩壊しても
ほかの星へ流れて行く

神様の記憶は
いつまでも無言の空のように
真理が犯されても
沈黙のまま

戦争の記憶は
流砂に呑まれる墓地
ミサイルの破片が錆びて腐っても
悲しみが残る

樹木は緑を記憶することができない
すべてを年輪に隠そうとしても
ノコギリにさらされる

西公園の手のひら

何回もおまえを通り抜けた
やっとおまえの名前を覚えた
西公園よ　僕の行く先へ行ける道は
幾つもあるけれども
どういう訳か
僕は毎回　知らず知らずのうちに
おまえを通ってゆく

おまえの名前を覚えると
公園という概念は心の中で小さなものに変わり始めた
手のひら大の面積のおまえ
周囲に生えている大木はおまえの指のようだ
四季に青いその木の下を通り過ぎるたびに
まるで恋人の愛撫を受けている感じだ
心の中に寄生する悪やわだかまりの雑念も
おまえの濃緑によって濾しとられる

ある時　近道をしようとおまえを斜めに通り抜けると
手のひらであるおまえの生命線上を歩いたようで
僕は自分の運命に感慨を催した
おまえと出会った不思議
長腰掛けへと続いているその小路は
抱きあうカップルへと通じている
僕はそれをおまえの愛情線だと仮定する
その北側には　もう走らない機関車が
横付けになっている
焚いた無数の石炭よりも黒い車体が
歴史を復元して静まり返っている

おまえの手のひらの真ん中に立つといつも
パン切れを千切って野良猫に食べさせる老人に心打たれ
る
ときおり　木の枝で騒ぎ立てたり糞をしたり
それから人の群に急降下するカラスに
やるせなさや恐さを感じることもある

僕は毎日自転車で突っ走って通る
その少し広い道は
おまえの頭脳線というところか
それは傍らの広瀬川によって断ち切られているが
おまえに隣接し東西に走る
仲の瀬橋に沿って
西に向かうならば　やはりおまえから
太陽の故郷へ入って行ける

西公園よ　僕は敢えて言おう
僕を含め　おまえを通り道にする人は
おまえには皆慌ただしく通り過ぎる旅人にすぎない
そして長寿を運命づけられているおまえは
おまえの名前を覚えた人間を記憶するはずはないし
ましてその手のひらを揮って
覚えられない者にビンタを加えるはずもない

カメラ——荒木経惟さんへ

あなたにとって　カメラは男女の化身だ
ズームするレンズは penis
シャッターボタンは clitoris
いく度となくあなたの指が触れ
強烈な一瞬が世間に残った

あなたにとって　ファインダーは覗き穴
世界はあなたの眼前で黒白を弁じない
あでやかな彩り　しなやかな動き
被写体との隔たりはあなたと世界との距離
手を伸ばせば触れることもできるのに
遥かに遠く離れている

あなたにとって　命はもしかすると悲しい記憶
陽光の下に老いてゆく緑の樹木
入道雲の下に疲労する都市
忘れ去られる廃墟さえ

そして猫とトカゲの玩具のまなざしまでもが
あなたの手によって自身を超えた不思議さに静止する

あなたにとって　カメラこそは自由
冒険する指は思考する温度計
世の移ろいと少女の体温を測って
白い乳房の乳暈が赤く発熱するとき
肉体が魂の叫びを発するとき
過ぎ去ったものは永遠に残り
未来は過去となる

開かれた肉体を前に
あなたは見せてくれる
美しさにひそむ欲望を
欲望にひそむ美しさを

絵

風は這い転がりながら
どっと路地に押しかける
よろめいた私に
路地は眉を顰める

太陽は一瞬の間に背を伸ばして
痩せた光で
ベランダの上の盆栽を炙る
一息吸い込んで　私は
道を歩きつづける

果ては　滔滔たる大運河だ
一人の老翁が笠をかぶり
民謡を歌って　櫓をこぐ
私はじっと佇んで
詩を書くペンをしっかりと握る

二階の娘

時折　彼女の足音の爆撃や彼女のシャワーの激しい雨足を
我慢しないわけにはゆかなかった

彼女の足下での生活は　随分長くなり
騒音に掻き乱されて僕は心の中に
幻想の波しぶきを出現させ始めた
僕は僕と同じ造りの部屋を想像した
二つの南向きの部屋は道路に面し
春の桜の老木が窓ガラスに浮かび上がっていた
僕の寝室の上は彼女の寝室
僕の浴室は彼女の浴室へと繋がり続いていた
彼女の瀑布は僕のトイレの配水管を通って地下へ流れ込んだ
ときには　僕らはタイミングよく同じ時間に飛び込んだ
僕は自分の健康な裸体を楽しみ
彼女も鏡に向かって自分の乳房と肢体を

見ていたのかも知れない

朝　僕は外出し彼女も外出した
僕らは廊下でばったり出会い
微笑みと会釈で挨拶をした
彼女の瞳は絶景
ときには　彼女は僕の前を行った
階段を下りるとき彼女の乱れ髪は絶景
階段を上るときの彼女のお尻は絶景
時には　僕らはエレベーター前で待った
その時　彼女の豊満な胸と恥じらいの表情も
また絶景だった

週末には彼女の長い夢を見た
いつも高く昇る翌日の太陽を飾り付きのカーテンが拒絶
　した
僕らのベッドが同じ位置に置いてあるかのように
彼女の柔らかい夢が落ちてきて僕に当たり
たびたび目が覚める夢を何度も見た

彼女の夢は透きとおるように白くて温もりがあり
数え切れないほど撫でたことのある美しい乳房を思い起
　こさせた
夢の中で何度も　彼女の乳房を握りしめるように
僕の手は掛け布団の角をきつく握った
その後ひとしきり痙攣して目が覚めた

僕はいつも一人の娘の手を引いて帰り
青春を贅沢に使った
見知らぬ男が偶然に部屋に入り
彼女がドアをバタンと閉め切り
二枚の舌が触れ合うのを感じるようなときは
口の中は狂ったような乱舞だった
そのとき　彼女の香りのよい鼻の息は必ず僕の全身に充
　満し
続いて　僕の屋上は揺れ動き始め
それらは波頭の船のように
船体はしとどに濡れ　櫓をこぐ音も
しとどに濡れ　どうしてよいか分からない僕も

しとど濡れた

彼女の窓は僕の窓の上に位置していた
晴れた日には　陽に干した彼女のブラやショートパンツ
の影を
風が僕のベランダに吹き落とし
そのとき僕の部屋には彼女の青春の素晴らしい息吹が満
ちた

彼女はいつまでも僕を制圧していたが
僕の妄想の被害者だった

化石

夜空を飛びまわる蝙蝠の鳴き声を聞けば
暗闇の本質が分かる
遥か太古の大地の黒暗暗の中から
ずっと孤独に耐え続けてきた化石は
流星雨に潤されることを待ち望んでいる

夏祭——川端康成に

今は夏　わたしはあなたのために
ストーブをつけ　東アジア
水に囲まれたあなたの家郷で
一人の中国の青年詩人の両手が
寒さにふるえています

わたしは馬に鞭打って　東へ
一篇の詩とやせ細った顔のために
海と憂いを帯びたまなざしのために
確かに海を渡って来たのです

夏とストーブに向かって
わたしは燃えさかる炎の中に見る
あなたの全身に生じた鱗のような雪片が

白くひらひらとわたしの眼の前に
流れてくるのを

だから　わたしはまたふるえる
夏の外　太陽の上
厳寒にとざされた雪国で
誰が足どりも重く
歩いていったのか

雪国と向き合って　あなたがきりもなく
漢字を書いた日本の地で
あなたの寒々とした一生を
わたしは読みました
仰ぎ見て　耳をすまして聞くと
あなたは依然として
ゆっくり独りで歩いている
伊豆の踊り子たちは
あなたのために踊り
桜の花のように

あなたに向かってただよい
外の樹々も　あなたのために舞い
千の寺の鐘も　あなたのために鳴り響く

だがあなたは一個の沈黙の石
氷のように冷たくまた熱く燃えて
その後でしだいに裂け目を露わにし
それがあなた川端の源なのです

あなたの源とそこからの流れに漂い
あなたのすべての中国熟知を畏れ
康成よ！　わたしはただ中国の詩
五千年のまことの声をたずさえているだけです

これがいつも
我が騎馬が嘶いては向こう岸へ走り戻るのを
遥かに思い起こさせ
また馬たちがトトトと飛ぶように走ってきて
私が踏まれて

夢の中から呼び起こされる感動を
思い出させる

ひょっとしてわたしはまだ若くて　判らないのかもしれ
　ません
馬のいる国で
馬たちがなぜ怒って　あちこちへ
出奔してしまうのか
馬のいない国で
あなた　そのやせ悍馬が
なぜこんなに早々と天国へ
翔けていったのか
康成よ！　康成よ!!

音楽

私は飛び散る滝に濡れている
日差しを浴びた山村は
飛翔を孕んでいる
カモシカに乗る少女は
都市の広場を横切る

木々は湖のまわりで揺れながら緑になり
湖底の空は空よりも高くなる
岸辺で　私は水を飲んでいる白馬の目の中に
草原を見つけた
草原　草原
緑の饗宴

砂漠のお姫様が嫁に行く
高山に雲の花がかかり
鳥の群が森から飛び立つ
新婦を迎える駱駝の鈴は喝采になり
ゴビとオアシスにこだまする

愛情が湧いてきた川は
産卵した魚群を愛撫し

風が静かに灯籠を吹き消す
黙っていた岸が口を開けて
祈りながら遠くまで航海する者を見送る

見えない手は精霊のように
想像の琴線を弾いている
かすかな憂いが簫の穴から飛び出る
その小さな感傷の中で　私は河童が
歌いながら　池に溺れた少年を掌に載せるのを見た

風景は風景に重なり
道は道へと延びている
果てしのない地平線を
走りすぎていた金の馬車が
チリンチリンという音を残していった

北京胡同（フートン）——併せて戴望舒に贈る

雨の日だったろう
僕は新しい折り畳み傘をさして
袋小路に迷い込んでいた
僕が行き場をなくしているとき
突然に思い浮かんだ
若い頃に夢中になったことのあるあなたの
江南の雨の路地と雨粒がシトシト
あなたの唐傘を打つ音

ここはあなたが倒れあなたが埋葬されている北方だ
雲からは近いけれども
水からは遠い
二つの大河によって隔てられた
千里の向うのあなたの故郷のように遠い
水はここの河の流れが市内に来る前に
干上がってしまうのを恐がっているかのようだ
高層マンションの屋根の上に湧きあがる積乱雲は

一粒の雨も落とさず
びっくり仰天したように
遠くへ消え去る

本当に　ここでは雨の日にも
折り畳み傘をさすことは
年々少なくなったけれども
たとえ僕が胡同を歩くことはなく
心の中に憂鬱な気分は湧かなくても
雨の中の快さは
透きとおって輝く涙のように透明だ
人や車の行き来するコンクリート道路上では
恥じらいを帯びた娘に
出会うことはない

曇った空から今にも雨が降りそうなのを
ここで幾度となく空しく見ていたが
実際のところは天の冗談で
天地をおおう砂埃の嵐が
口も開けられないようにし目も開けられないようにし
どの人も等しく生き埋めにするかのようである
狭くて長い胡同に佇んで
雨粒が打ち出すあなたのその時のリズムを聴いていると
たとえ田舎からきた娘たちの身体から
リラの香りを嗅ぐことはできなくても
この時代の憂愁はあなたの時代の
脆さよりもどうかすると自己破壊的だ

あてもなく胡同を歩いて
僕は地面まである窓ガラス越しに
雨空とビル群を望む沢山の眼差しを目にした
遠くを望み見ると
一九三〇年代が思い起こされる
あなたが捕らえられた上海と香港
濡れそぼって並ぶ木の下で
横暴な車は　その時の虐殺者が
人間性を踏みにじる刀を振り回すように
しきりにがりがり音を立てて道路を削ったのだ

雨の巷　胡同
一世代を隔てた年齢
そのころの中国はとても貧しかったのに
パリでの原稿料に頼るあなたの留学生活に
人は憧れる
現在の中国はとても豊かになったが
詩人たちにはまだヨーロッパへの旅費がない
過去の雨の巷をさまよい歩く
あなたは貧しい中国の富める者だった
豊かになった北京胡同で
詩人たちは相変わらず貧しくリンリンと響いている

＊胡同、元朝（一二六七年）から都としての北京に建設された細い路地のこと。
＊戴望舒（ダイワンシュー）（一九〇五～一九五〇）、杭州に生まれ、中国現代詩人を代表する一人。「雨巷」などの作品は広く読まれている。四十四歳で北京で病死し、北京郊外に葬られている。

堰き止め湖

大地が千年に一度の大暴れをした後
突然現われた反逆者　それはお前
山あいを
悲しみながら流れる川を押し黙らせ
山々を揺り動かし震え上がらせた

日差しの形をねじ曲げ
感情を押し殺して成長し　深みを増していく
窃かに
夜空の月星をどうやって溺死させようかと
企んでいる

お前は天と高さを競おうというのか
白鳥の湖となり
水辺に戯れる白鳥たちに卵を産みつけさせようというのか
或いはもうひとつ別の悲劇を仕掛け

瓦礫の下に押しつぶされた声を押し流し
大地の癒合できない裂け目に流れ込もうとでもしている
　のか

たとえお前が大地よりはるかに横暴だとしても
山と樹木を根こそぎ押し流そうとも
死者の魂はお前にもう何も感じはしない
生き残った者にもお前を呪う余裕などありはしない

堰き止め湖　堰き止め湖
若い母親の涙の枯れたあの目をお前は見たか
ただ茫然とそれでも諦めきれず　昂然と廃墟を眺めなが
ら
呼び声が聞こえてくるのを待ち望んでいる目を

一万年後　お前はそのときの人々に
感嘆され称賛される景色になっているかも知れない
しかし　私はこの詩を証として書き残しておきたい
西暦二〇〇八年五月のお前は
何億もの人々の涙が溜まってできたものであることを

あとがき

今も日本語で創作するとき、私に挑戦してくる語彙がたくさんある。私はそれらの語彙の上を薄氷を踏むようにして歩みを進め、そしてそれらが持つ意味の彼岸にたどり着く。その挑戦とそれがもたらす刺激が私を常に刺激し、日本語で創作する意欲と日本語を手なずけようという好奇心をかき立ててくれる。

母語を越え、観念に背く。

日本語に分け入り、自らの語感に挑戦する。

中国語は硬の中に軟がある。抽象、具体、含蓄、直接、孤立、……

日本語は柔の中に剛がある。曖昧、柔軟、解放、婉曲、膠着、……

私にとって日本語のひらがなは解体された漢字であり、カタカナは枯れた小枝であり、そして漢字には時として大きな落とし穴がある。

私は二つの言葉の間で一本の細い流れとなり自由に流れて

いきたい。あるいは一艘の小舟となって中国語と日本語の流れの中をたゆたいたい。

母語を一本の樹木に喩えると、日本語はその木の枝に接ぎ木した枝であり、それはその木で同じように育ち、花を開き実を結ぶ。

母語は運命が定めた妻であり、日本語は因縁で結ばれた情婦。どちらも宿命。

詩人にとって言葉は永遠に沈黙を守る高い壁であり、その高みは見ることも触れることもできず、詩人がそれを越えることができるかどうか試そうとしている。

優れた詩歌は、詩人のあらゆる資質、洞察力、感受性、想像力、思想力、抑制力、革新力などを体現している。

生まれ持った情感と感性は詩人の根幹を決定する。

後天的な知識は詩人の視野を広げる鍵となる。

思考はインスピレーションの雛形。

いかなる賞状も詩人にとっては一時の慰めと励ましでしかなく、詩人が偉大であるか取るに足らない者であるかは、時間だけが知っている。

李白、松尾芭蕉、プレヴェール、谷川俊太郎……。

偉大な詩人は時間の寵児。

彼らの偉大さは、やさしい言葉でありながら奥深い意味を表し、簡単な言葉で複雑な事柄を表し、有限で無限を表すことにある。そこには普遍的な価値がある。

彼らは時代を越え、言葉を越え、広大な読者を征服し、それは小さな囲いなどではない。

その小さな囲いの中にも優秀な詩人はいることはいる、たしかに。

物があふれ心が貧しくなったこの時代、私は特に有名でなくても心豊かな詩人でありたいと思う。

ネットとメールの発達が人々の時間を奪い取っている今、私はこっそりもっとたくさん自分の時間を持ち続けていたい。


最後に二篇の詩について説明しておかなくてはならない。この詩集には私が日本に留学して初めて書いた「夏祭」という詩が収められているが、これは川端康成への敬意を表したものである。この詩は元毎日新聞社の記者・新井宝雄氏の目にとまり、彼の手によって日本語に翻訳された。彼はすでにこの世の人ではなくなってしまったが、この詩集が彼の魂を少しでも慰めることができればと願っている。もう一篇の「堰き止め湖」は四川大地震の後に、抑えきれない涙を拭いながら書いたものである。この大きな災難は人類に忘れ去られることはないだろうし、その災難を目の前にして何万という被災者に対して差し伸べられた温かい手も、歴史がそれを永遠に書きとどめるだろう。

最後の最後に、思潮社の小田久郎氏とこの詩集の編集を担当して下さった亀岡大助氏に心より感謝の意を表したい。

二〇〇九年九月九日　北京にて　　田原

（『石の記憶』二〇〇九年思潮社刊）

未刊詩篇

わが娘に

世界は君にとってどんなに寛容だろう
――平和そのものが君の思うがままに呼吸され
形のない風は君のために窓ガラスに姿を残す
小鳥は鳴きながら
君の小さな手が舞うように枝を飛び跳ねる
やあやあと言葉をまね始める君にとって
世界は果てしない青空かもしれない
陽射しの下の暗闇と温かさに含まれた寒さを
君はまだ知らないのだから

地球より大きいのは君の乳母車の車輪
宇宙より大きいのは君の明るい瞳
子守唄を口ずさんだ母の懐の中の
安らかな寝顔を見て

私は言いたい
娘よ
あらゆる子供たちが君のようであれば
世界はなんとすばらしいだろう

（「関西文学」二〇〇五年八月号）

光の重さ

光の重さは時間
時間の重さは永遠の想像
光の重さは地球
地球の重さはニュートンの頭
光の重さは歴史
歴史の重さは封印された沈黙
光の重さは未来
未来の重さは憧れ　もがきと彷徨
光の重さは命
命の重さは愛情　成長と死亡
光の重さは約束の言葉
約束の言葉の重さは裏切りと憎しみ
光の重さは死亡
死亡の重さは墓誌銘
光の重さは海
海の重さは漂い去った雲と遠い帆
光の重さは大地
大地の重さは昇ってくる無数の地平線
光の重さは真理
真理の重さは理屈と幻

光の重さは兵士
兵士の重さは犠牲と平和
光の重さは暗闇
暗闇の重さは太陽の睡眠
光の重さは森
森の重さは迷った風　鳥の鳴き声と花の香り
光の重さは質量
無の天秤で量れる

（「別冊・詩の発見」二号、二〇〇五年十月）

風を抱く人

風を抱く人が亡くなった
二〇〇五年一月十七日午後夕方
日本のテレビはそのニュースを放送した
享年八十五歳
二〇〇五年一月十七日朝
何時何分何秒かは知らされなかった　北京病院で

中国からの小さな訃報は
異国のニュースの数十秒しか占めなかったが
私の心を震えさせた
背骨が熱くてまるで溶岩が噴出するようで
時間を引き裂く見えない手が
目の前で長くなるのを感じた

テレビを消して　窓を開け
空に大声を張り上げたかったが
声は喉に引っ掛かって死んでしまった
目を閉じた　二筋の熱い憤懣の涙が
黙々と流れ黄河と揚子江になった

風を抱く人は亡くなった

彼は真理が軟禁された北京で亡くなり
汚された時間の中で亡くなったのだ
悪辣な黒い手が歴史の唇をしっかりと押さえるとき
罪深い銃弾がほんとうの声を突き抜けるとき
嘘と殺戮が真実を欺いて脅かすとき
広場にこぼれた彼の涙は
いつまでも中国の大地を潤している

彼はかつて黄河の北岸に昇ったわずかな紫色の陽射しだ
世界は彼の光芒を浴びた
彼はかつて中国大地でゆらゆらと揺れた紫陽花だ
民衆は彼の芳香を嗅いだ

訃報が放送された午後
私は窓際に立って石の柱になった
窓外　倦怠のビルの群れが
斜陽の中で居眠りをしていて
遠くの大道は西へとのびて漂って
死者を悼む大きな対聯のように

足跡のびっしりついた弔辞が書かれている
道端の木の上には鳥の声が聞こえなくなり
夕陽の残照のもとで
光はしんと静まり返っていた

西のほうから漂ってきた雲は
病んだ空で憔悴し
舞い降りる雪片は冬の涙
鋭く長い音を立てる寒風は慟哭の声
亡命した漢字は
相変わらず異国で屈辱に耐えている

風を抱く人は亡くなった
その旗は彼の体を覆わず
国家の音楽も彼のためには奏でられないだろう
欺かれた国民は彼のことを悲しまず
陰気な宮殿は彼のために沈黙を破らないだろう
中国の空は彼のために星一つ落とさず
血なまぐさいにおいに錆びた陰謀は暴かれないだろう

いくら野蛮な手でも記憶を抹消することはできない
いくら貪婪な欲望でも陽光を独占することはできない
いくら暗黒な勢力でも歴史を歪曲することはできない
いくら恥知らずの顔でも善良を醜悪化することはできない

記憶はいつまでも記憶
陽光はいつまでも陽光
歴史はいつまでも歴史
善良はいつまでも善良

風を抱く人
彼は私たちの前から去った

（「酒乱」四号、二〇一〇年二月）

上海のスパイダーマン——高層ビルの窓拭きたち

その一——序詩

見上げる視線の果て
太陽の網膜に
屈強な男たちが
身体の奥に実直さと故郷の訛りを帯びて
未だかつてなかった勇気と知恵で
都市の上空に感嘆の楽譜を書く

まるで時代のトップランナー
目くるめく都市の高みにまたがり
その景色の全てを眼底に収める
まるで蜘蛛のよう
太陽の網膜に高々と浮かび
なかぞらに霞んでいる

一本のロープが信念を繋ぎ

一回の思いやりが一回の心の冒険を成し遂げる
振り仰いでやっと見られる上空で
彼らは文明に挑戦し
自分自身にも挑戦する

空中にうごめく蜘蛛のような姿
それは時代が授けたもの？　やむを得ない選択？
それとも彼らは特別な使命を担っている？
ガラスに溜まった時代の汚れをぬぐい取り
都市の皮膚を磨き上げ都市の目をぴかぴかにする
雲を拭き
陽の光をも拭く

その二

太く長いロープが天にくくりつけられ
まるで臍の緒のように
彼らに繋がっている
そして頑丈な血管のように
天と地を繋いでいる

彼らはたった一本の
命綱にしがみついて
よじ登り　重力と格闘しながら
移動し
右に左に腕をワイパーにして
拭く
地球の引力を振り切るように

空中で忙しく手足を動かす彼らは
都市の顔を洗っているようだ
どんより灰色の都市は新しく輝き
薄暗い部屋にはいっそう明るい光がさしこむだろう

高層ビルは風に揺れる大樹
彼らは風に漂う木の葉
風の中で空の自由の使者となる
雲が彼らをかすめて通り過ぎ
彼らの倒影を空に刻んでゆく

彼らは決して運に任せたりせず
高さに勝つ
それは何よりも自己の運命とのせめぎ合い
彼らは誰よりもはっきり知っている
ロープの一端が繋いでいるのは命
そして死でもあることを
身体の下は温もりのある大地
そして荒涼とした墓場でもあることを

その三

もし空が蜘蛛の家ならば
都市は空の占領者

高層ビルのひとつひとつが
強欲な両手をそろえて
空へ伸ばし　朝焼け夕焼けを
声も出さずにかすめ取る
かつては広々としていた空が
分割されて四角くなり
占領されてゆく

高く高く都市を造り上げ
同じように恐怖も増殖させている

故郷に別れを告げて
都市にやって来たばかりの若者が
空中に垂れたロープで震えている
ぎこちない両手で
おそるおそる
自分の臆病さを
窓ガラスに描くようだ

恐怖は窓ガラスの
永遠に拭き取れない汚れなのか
彼にとって恐怖とは
どうにもならない生活
でも生活の全てまで占めはしない

彼にとって生きるとは
高さへの恐怖と最後まで戦うこと

その四

いつからだろう　ガラスがコンクリートに替わって
都市の皮膚になったのは
いつからだろう　発達した都市文明が
ますます農村に頼らざるをえなくなったのは

見て！　あの高層ビルに
うごめいている農村の人を
まるで優美な記号のように自分を
都市の上空に描いている

太陽は彼らの身体の周りを巡ってゆくが
沈黙の天は変わらずに沈黙している
天から降りてくるあのロープは
まるで彼らが命を懸けて吐き出す糸だ
その一端は郷愁へと繋がっている

彼らが手を止めることなく拭くのは
都市の鏡
彼らが休むことなく磨き上げるのは
鏡に映し出された美しさ
だから木々はますます緑濃く
街路は順序よく整然として
磨きのうちに風はすがすがしく澄んでゆく
ネオンも彼らの磨きで
都市の活力をいっそうきらめかせる

彼らが磨くのは
本当は自分である
その天地開闢以来の壮挙は
もはや忘れ去られることのない風景となり
都市によっていつまでも照らされ記憶される

聴いて！　聴覚の及ばないところで
窓を拭くあの音は何と美しい郷愁の調べであることか

見て！　視線の果てに
ビルの尖端を撫でる浮雲が
今ちょうど彼らの郷愁を載せて彼方へ流れてゆくところ
だ

その五

風は勝手気ままに吹いて彼らを降ろす
青い果実が吹き落とされるようだ
手に握りしめた吸盤が
ガラス面を何度も滑る
しょっちゅう肝をつぶすが何事もなく
時計の振り子のように
空中に揺れ動いて
都市という大時計を打ち鳴らす

彼らは空中の重力を
次々に征服する
高層ビルを
次々に従わせる

都市は飼い馴らされた馬
彼らに軽々と乗りこなされて従うはめになる

彼らが都市の喧噪の中に
妻子を迎えるとき
再会の喜びは
辛い思いをしていた娘の流す涙
彼らが娘を鳥に変えて都市の空を
自由に羽ばたかせたいと夢見るとき
貧困と戸籍が
その願いの前に立ちふさがる

都市を乗りこなす人たちなのに
都市の住人ではない
都市をますます輝かせる人たちなのに
都市に受け入れられない

戸籍は自由の足枷
人間性を冒瀆している

戸籍は制度の暗い影
時代のすき間に隠されている

自由に生きるために　彼らは拭く！
拭くからこそ　より自由に身も軽くなるのだ！
拭くのは　自分の顔をはっきり見るため
拭くのは　心の重力のアンバランスを
あるべき姿にもどすため

＊この作品は、二〇〇九年十月二十五日にＮＨＫＢＳハイビジョンで放映された九十分間のドキュメンタリー番組「上海的蜘蛛人・上海スパイダーマン」のために書き下ろした中国語詩を、日本語の作品として再構成したものです。

（「現代詩手帖」二〇一〇年五月号）

中国語詩翻訳

〈桑山龍平訳〉

作品一号

馬と私は九メートルの距離を保っている
馬は木の杭に繋がれ　また
馬車をつけられて遠い遠いところに行くが
馬と私の距離はいつも九メートルである

馬はおとなしく地に臥して
一人の哲人である
馬は畠で力行して
動く裸体彫刻である

私は馬とも同じ距離を保ち
室内に静かに坐っている　また

別の所へ行っても
私と馬との距離はいつも九メートルである

馬は木の杭から抜け出し
或いは手綱を断ち切り
遠い遠いところで走り廻り
蹄を――奮い立たせ――長く――いななくが
どうしても飛び出すことができない
我々の間の九メートルを

多くの草が枯れてしまっても
馬はまだ咀嚼しながら清い香りを発散している
その清香も私から九メートルだ

馬と私との距離は
長い年月伸びもしないし縮みもしない
生き生きとした馬が青い石馬となっても
我々の間の距離は
永遠に九メートルだ

キリギリス

キリギリスは秋の日に育ち
キリギリスはとうきびの葉にはねのぼり
キリギリスのひげは陽光のうちにふるえ
キリギリスの声はひっきりなしに人の心を引きつける

キリギリスは人にみつめられ
キリギリスは籠におしこめられ
キリギリスは誰のものになっても
自分の内心の声を出す

キリギリスはその声で街を包囲し
キリギリスはその声で街の喜びを喜ぶ
キリギリスはそれでも解き放たれず
キリギリスは町と籠の牢屋から脱出できない

キリギリスは街を一巡りして
田野に飛び出したいと思う

キリギリスは畑のものと一緒に成熟して
農夫に刈り入れられたいと夢想する

キリギリスは街の中でだんだんと痩せ
キリギリスの籠の中の声はしだいに低く枯れ
キリギリスは最後の力をふりしぼり
キリギリスは自分の声で自分を埋葬する

キリギリスは籠から投げ出され
彼の歯の痕を残している秋の日とともに
柔らかく冷えてしまった屍体は
静かに緑の光を放っている

少女と塀

1

君が小さな足でつま先立つと
土塀は低くなる

君は私のいない時に
私達の音楽をすべて
土塀をこえて持って行ってしまった

一つの土塀を隔てて
私の表情はしだいに衰弱する

2

過ぎ去った日々　日の光は
昔のように桜の花の息吹を帯びて部屋に入り込む
私が日夜あたる暖炉の
炎も疲れてしまった

清らかな微笑と剝かれたりんご
君の雪のように白い歯からこぼれる声
土塀を透して　君の狂おしいまでの芳香に
とりまかれて私は息もつけない

3

君は炎の中で踊る
これは君の踊りだろうかと
私は厚い塀を
たたいて問う

4

私達が馬のように走った草原は
私の後ろで洪水に沈み
一艘の小舟が水の上を漂い
最後には浅瀬に乗りあげる

塀は船の小さな足をとめてしまった

四月の情緒

降る降らないは天のおぼしめし
人々はみな傘を持って煙雨の中を
行き来する

私は夢の中からゆりさまされ
見えない肘に二階へと
東に向いているが
陽の当たらない窓辺で
待つ

室内の黒くくすんだ壁はだんだんと白くなり
私は顔を窓の外に向ける　眼差しが
ガラス窓を離れてゆく人影を
くりかえし磨く
私が子供の時　枯れた樹に寄りかかって見た
すきまなく行く蟻に　また草の葉の上
ごそごそ遊びうごめいていた昆虫に
よく似ている

緑の樹と桜は　みな
ベールに被われる

遠く遠く　霧と時間を透きとおらせて
お嫁に行く前の花嫁のように
はずかしげに生長し花開く

来る来ないは客次第　肩に
小さな手が置かれるのを覚える
あのやわらかく白い温かみが
私の全身をつきぬける

断章

1

神社の中で白い光を放つのは
去年降った雪
一陣の寒さが
秋風に連れ去られた夏からやってくる

2

棕櫚の樹は合掌して
独自で悔いている
雲は低く降りてきて
石像の獅子の光る鬚をかすめた

3

鼠が米倉と畠から逃げた
鼠年の人は門を閉めて出かけない
牙を磨いて
鼠は乾いた季節に
土ぼこりをあげ　嘲笑して言う
人間どもは不器用に穴を掘っていると

4

鬼には何も持つものがなくなり　気が小さくなった
暗闇の深いところで　少しずつ
光を噛り　飲み込む　そして
英雄も弱くて臆病に見える

5

三毛猫が長い間ちぎれていたしっぽを見つけたが
棒の上の平衡を永遠に失った
蝙蝠が夜から飛び出して　真昼へ飛び込んだが
日の光に透き通るその充血した羽は
黒かった

6

大きな湖が涸れ
舟歌が泥沼に沈んでいく
魚を狙う鳥たちが空を舞い
白い鷺の一本の足が腹のなかに縮こまり
頭をあげて生命の挽歌を歌い出す

7

みみずくが人家に飛び込み
鋭い爪で静かな時間を引き裂いた
まがった嘴がねじれた叫び声を出し
皿の中の図案をむさぼりつくす

8

詩人たちは遠く家を離れ
自分の薔薇をもって島とともに漂い
道を直し　家を作り　田を耕し　酒を醸し
鞭をあらあらしくも異国の背中に振り鳴らす

9

九人の乙女が手をつないで花園を歩き出す
民歌を歌い　くねくねと
彼女たちの成熟した臀部をふり
浅い河を隔てて
彼女たちの歌声は柔らかくて清らか
——乙女の声！

10

黄昏が立ちのぼり
誰かが月に行って樹を植える
白兎は驚いて逃げ

臼で米を搗くおばあさんのスカートの下に隠れる
月の下で　パチンコで遊んでいた少年は
今はピストルの弾をこめたり抜いたりしている

11

野生の向日葵が真夜中に
ゴッホのために枯れ死んだ　星星は落ちてきては
誰かに拾われる　一体誰が身体から光を放ち
燃える炎のように
枯草の叢生する墓に向かい
あの若い霊魂を燃やそうとするのか

12

多くの石碑はみな風化してしまった
それでも誰かが石の上で日夜自分の名前を刻んでいる
朽ちることのない希望もきっと霊肉よりも先に腐るだろう
無数の過ぎ去った光陰が証明している
人は死ねば　目の届かぬところに行って
また誕生すると

13

空が寒さにふるえる時
雪は空中に咲く花である
大海の端は雲につらなり
雲は太陽を生み出し
太陽は黒夜に沈んでいく

14

風は一片の草の葉に吹き起こり
天に通ずるビルの前につまずく
白雲に向かって開く窓には
若い貴婦人が高熱を出した犬を見守り
憂い悲しむ

15

火花は次々と前方できらめく
大火も次々と後ろに消えていく

雪は遠くで融け
水は近くで凍る

〈財部鳥子訳〉

汽車が長江を渡る

私はずっと立ったまま車窓から見ていた　東を向いて
昇る朝日が長江を赤々と照らしている
水も砂も泥の岸辺の草木も
一艘の船はあたたかも陽光と霧だけを満載しているみたい
だ

江の中の　重い逆流は
西へと向かい　這いずる愚かな亀のように
私を乗せた列車は轟音を鳴り響かせて橋を越えようとし
ている
私の未知なる風景へ向かって西へと　走って行く

船の煙突が噴き出す煙の白い広がりは
天を低くし大地を圧している
船の運命は太陽と同じく
いま西の空　長江の上流に沈んでゆく

雪の歯

小雪は小さな虫
大雪は大きな虫
かれらは中空をしきりに舞い
狂おしく又あわただしい
銀色の瓦礫を食い尽くし
四季青々とした樹木の緑も食い尽くし
峨々たる大山は雪に押し潰された
雪は火炎に飛びかかる
雪は焼け死ぬことのない蛾だ

寒さを恐れる太陽はさらに空高く身をかわし
寒さを恐れる人は暖房の窓ガラスを透かし見て
雪のために美しい言葉を考えている

私は雪の地上に立つ
私もいっぴきの雪虫だ
進むべき目標へ向かって
蠕動する

雪は地上に降り
雪の目は私の踝を見つめている
雪の歯は私の道程に噛みついている

麗しい日

1
太陽は動くのを忘れた
ひまわりは首を垂れ
太陽を囲んで泣いている

2
木魚は寺院の内から泳ぎ出る
籠るような沈んだ鐘の音　水を担ぐ
和尚の歩調が重くなる

3
そこらじゅうの路が浮き上がり漂いだす

4
滝は少女の梳られた髪になって漂う
明るい鏡の湖畔　水鳥は
地球の引力を振り切ってしまった

5
猟師は砂漠で方角を見失い
猟銃は自動発火し

空に高く銃声は響く
夕——陽は——血の——如く

6
肥沃な畑の畝の上
一千の鋤が空高く挙がり
落下　一千人の踝に穴があく

騎馬の人・馬子・馬

騎馬の人は馬子より先に疲れる
馬子と馬は草原を歩き
騎馬の人は馬の背を歩く

馬は四本の草を踏み倒し
馬子は二本の草を踏み倒す
踏み倒された草は仮寝するのではない
草は折れ曲がって大地の胸に伏す

涙を強くこらえながら

彼らがどこへ行くのか誰も知らない
馬子は知らない
馬は知らない
騎馬の人も知らない

彼らは柔らかい筍の山を踏みしめ
彼らは木陰の平和な静けさを踏破し
彼らは香りただよう果樹園を通り抜ける
雪の日だけは　騎馬の人は温室へ逃れ
馬に飼葉を食わせろと馬子に指令する

馬子は日々痩せてゆき
馬は疲労に耐えられず
軽やかな蹄の音も重くなった
騎馬の人の尻の下の鞍は
鎖枷の爪のように
馬の背に深々と陥没した

遠く遥かに彼らの影を望めば
馬子と馬は一つの可愛らしい点景となり
前方へ少しずつ移動している
騎馬の人は半ば空に漂って
一つの暗い黒い雲である

ある日、鞭を強く握った騎馬の人は
疲れた　彼は馬を下りて
草に火をつけ　作物と樹木に火をつけ
馬子は屠夫になった
馬はひとかたまりの白骨になってしまった

春の枯れ木

春の中の木はみな緑になった
枯れ木はまだ冬の中にいる様子だ

私はいつも春の中を散歩する
きまって無意識に枯れ木の近くへ行って
その下に立つ　天を仰げば
空はすっきりと青を湛えている

あるとき　家の中に座って
何気なく外へ目をやると
視線はすぐに
枯れ木の枝に落ちるだろう

私が観察していた鳥
彼らは枯れ木の上から飛び立って
きっとまた帰り
そこに住みつくだろう

木には血も呼吸もないかもしれない
その根は　見えない地中で
いま腐っていくところかもしれない
しかし　風がありさえすれば

枯れ木は細い手指で
賑やかな旋律を弾きだすことだろう

枯れ木は一年四季おなじ色彩
枯れ木は一年四季どんな言葉もない
風雨の中　明暗の中
何の飾りもつけずに

春の木の葉が覆い遮るなかで
枯れ木は唯一真実の風景である
枯れ木
生命の旗

古陶

君を孕ませた指先はすでに腐乱している
広い森林は伐採された　船は
君を載せて流れのままに下り
完全な形のまま今日へ泳ぎついた

人は代々君の塵を拭きとるため
死にそして誕生した
君はいまも数千年前の姿のままだ
終始トーテムの姿勢を崩さない

ある日ついに君は　父祖たちに委嘱された私の
ところへ来る　その時私は
ためらうことなく君を打ち砕くだろう

窓外随想

水と道はだんだん消え去り
汚れきった太陽の顔　のびた髭が
病み疲れた老人のようだ
弱々しい　気息奄々の光のなか
ヨーロッパ人は彫刻の復活した獣の背に乗り

アジア人は庇の下で風を聞き雨を待ち
アフリカ人は戦争の硝煙にまみれて上昇……

窓外に　私は見る
地球上の半分
億万光年の積雪が
溶けている　膨脹する海
――地球の震える唇！

海水　海水
とうとうある日　君は
三階の私の窓まで満ちてくるだろう
私は溺れ死ぬだろう

〈竹内新訳〉

枯木

これは千年の枯木
いつから枯れているのか
いつまで枯れているのか
誰にもわからない

目の前の樹は枯れつつあるのだ
その後の樹もやっぱり枯れるのだ
枯木は永遠に枯れるのだ

皮がすっかり剝がされたその身体
乾いてひび割れた傷跡は塞ぎようがなく
その髪と歯はとっくに抜け落ちてから
胴回りが僕と同じ年若い樹に成長するのだ

半分も断ち切られたその枝は

腕にそっくり　空へ差し上げて
祈る姿勢になる　風が吹けば
しきりに誰かを手招きし
風がなければ静かに正午の
太陽を指さす

それで　うかつにもそれを見ると僕は
すっかり慰霊と尊崇の眼差しになるのだ

香港抒情——組詩

雀街

雀街は、鳥や昆虫が売られていることで知られる通りであり、
世界各地からやって来る多くの観光客を、日々引きつけている。

樹木が失われて　繁栄してきたのは人類
伐採された森林で精巧に作られた鳥籠が
閉じ込めているのは猛スピードで飛ぶ魂

風は空の下ゆいいつの漫遊者
通りにあふれる雑踏を呪いつつ
九時の太陽を迎えている
私は通りを西から東へ
打ち水で湿った地面の光を踏んでゆき
人と鳥でさわがしい俗世を踏んでゆく

目の前に鳥が鳥籠に閉じ込められている
両足が金属に針金で括られている
虫かごの昆虫がそれをあざわらう
人類は昆虫の嘲笑の中で
忙しなく鳥売りの声を上げる

一羽の鳥が血走った目をして押し黙り
痩せ細った身体に血管をふくれ上がらせている
だが黙ろうとしないもう一羽
そのかすれた声の訴えを私は聴き取ったのだった

「僕を森と空へ帰してくれ
僕にも武器をくれ
僕たちの羽を切り捨てた人類の手で
僕たちが飛ぶ羽を元にもどしてくれ
もう一度太陽に向かって飛んで
身体にたぎる思いを青空に振りまきたい」

私の耳に血のまじった鳴き声が響きわたる
もう空を背負った彼らの羽に目を合わせられない
彼らが留り飛んだ風景を思い浮かべることさえできない
分かっているのだ　私は人類の一人としてすでに
鳥たちには許してもらえない罪を犯している

香港印象

三階の窓を開けると
吹き交う風は疲れている
崩れかかった老朽ビルは
肥満の老人が汗をかいているようだ
汗の臭いがあちこちに漂い　海の臭いは
遥かな島で日干しだ

接岸した船　耕し終えた牛が
波止場で一息入れているようだ

鳩は低く飛んでは　地上に舞い降り
飛翔を夢見る人類をまねて歩いたり餌を探したり

樹はビルの陰で憂鬱な果実を生み出し
小枝と小枝の間にゴミの旗が何本もひっかかる

タクシーやトロリーバスは甲殻類
地下鉄は電気を帯びたミミズ

三十二階のテラスに陰干しの厚手のメリヤスシャツから
水が日本人観光客の脳天にしたたり落ちる

砂浜では　ヨーロッパ男の肘を枕にアジア娘がまどろみ
安宿の前では　インド人と黒人が大声でおしゃべりをする

物質の富豪
精神の乞食

太陽と月は角張り
喧噪が星々の円い光を空の高みへ覆いかくしている

豪邸でお手伝いさんに取り囲まれた　その詩人
彼の貧しい想像力はお手伝いさん以上に窮乏している

昼　香港は積み木が並んでいる
夜　香港は湖水に散った星屑

吹き交う風は疲れたが　階下では歌が続いている
私は三階の窓を開けて耳を傾ける

大通り

私は常に自分を戒めている
もう永遠に大通りに面した小窓を
開けてはならないと
ガラス越しに
大通りはだんだん暗くなり
樹は己の陰の中で痙攣し
大通りに身を屈めて
乱舞する　苦しむ亡霊のように
ぱっと現れる舞いのステップをリードできずに
通りを踏みつけ
車と電車はそのため
速度をゆるめてしまう

これは祖国の心臓に続く大通りだ
古めかしく明るいが　凸凹　ぬかるみがいっぱいだ
記憶の遥か遠くで
馬たちが大通りに沿って　渾身の熱気をみなぎらせ

君主を運んでいる
今　君主は　大通りの尽きるところに
ただ　朽ちかけた空っぽの宮殿と広場とを残すだけだ
疲れて死んだ　或いは屠られた馬の
その鬣は通りの両側の樹となり
その白骨は市中の家々となった

大通りのあたりの部屋に
私たちの祖先は住んだ
祖父は馬を追いかけた人
父は馬のように苦役した人
私は馬を懐かしむ者
息子は乗馬に憧れる少年

私は大通りに面した小窓を永遠に閉めた
夜深く人静かなとき
いつも私は大通りで馬たちが
土ぼこりをあげる蹄の音を聴く
すると小窓は草原のようになり
馬たちが草を食み　跳ね回り　駆け回る姿を映し出す

インタビュー・エッセイ

小商河の岸辺から──書簡インタビュー

──故郷への思い、子供時代の思い出を語って下さい。

故郷を遠く離れ、私はいつも心の真ん中にあるあの中原──緑に囲まれ川が巡り、見渡す限り広がる平原が詩であり絵である故郷──のことを偲んでいます。私は、大昔の記憶の中で涸れている小さな川、小商河の岸辺で育ちました。この川は長い歴史を持つ川で、この川に関する伝説で大著が書けるほどです。しかし実際のところ、それが自然の川なのか人工の川なのか、またその始まりがいつのことで、どこを流れてきたのか、現代の資料では突き止める方法はありません。

小商河は英雄の河でもあります。かつて南宋で金に対抗した名将岳飛（一一〇三～一一四二）が軍を率い、郾城で大いに金軍を破ったことがありましたが、折しも岳飛軍の大将楊再興が馬で小商河を駆け渡るとき、大雪の舞い散る河原にうっかり落ちてしまい、追いついた金軍から散々に矢を受け射殺されてしまいました。今でも小商橋の北側、つまりその英雄が倒れたところには、当時建てられた楊再興の祠がずっと保存されていて、祠の周りには糸杉が雲に届くばかりに聳え、私の子供時代の記憶の中で楊将軍の墓は、一年ごとにぐんぐん高くなってゆく大きな山でした。その壮観な様は、いつまでも消えることのない記憶の中の風景です。新年や縁日のたび、参拝する人は引きも切りません。祠の前にある厨子の中で、糸のように立ちのぼり止むことのない煙や炎には、故郷の人々の英雄を供養する心が最も素朴に現れています。

私をはぐくみ育てた村──李紀嵐は小商橋鎮の西三キロのところ、小商河の中上流域あたりにあります。私の家は李紀嵐の「南拐」と呼ばれた南部にあり、七、八十戸が住んでいました。どの家の建物も庭もよく知っていました。いつどこででも、どんなに遥かな異郷へ行っても、ただ眼を閉じさえすれば、故郷のすべてをありありと眼前に浮かべることができます。これは考えてみると全く不思議なことです。どうして生命にはこのように強い記憶力が授けられたのでしょうか。私の故郷は河南省中部に位置し、平原中の平原です。もう少し範囲を広げて言うならば、或いはちょうど黄河と長江の中間と言っていいかも知れません。

故郷の郾城県内に最も鳴り響いている名前、それは故郷の人々の自慢と誇り、即ち後漢の大文学者許慎です。彼が著した『説文解字』は漢文学、漢字学のあらゆる研究の原典となっています。その墓は彼を産んだ許庄の村の東部にあります。他と全然区別がつかない程ありふれた墓碑には彼の名前が彫られ、周囲は見渡す限りの田野が広がり、太陽と月が共に輝き、天と地が一体となっている観があります。内外からやって来る学者が、彼の墓前に頭を垂れて合掌するのを、一年を通して眼にすることができます。

私は故郷にある小商河をいつも夢に見ます。祖先たちが岸辺に残したもう讃えられることもない深い足跡を夢に見ます。間もなく歳月の指によって平らにならされようとしている河床に作物が黄金色に波打ち実っている、一面の豊作風景を夢に見ます。

自然の懐の中で成長したというのが私の子供時代でした。このことが私が心から自然を愛する原因の一つかも知れません。子供時代には田園牧歌式のロマンがありました。いつも村の仲間たちとぞろぞろ連れ立ち、樹の枝のミンミンゼミを捕まえ、夕方になると懐中電灯を手に土から這い出たばかりのまだ脱皮していない蝉を捕まえ、そしてそれらをこれ以上少なくはならないというわずかばかりの油を敷いた鍋で炒めて食べるのでした。野原へ出かけ、バッタやコオロギを捕まえて火で焼いて食べたりしたこともあります。キリギリスを捕まえて遊ぶのがいちばん多かったかも知れません。私の指は知らない間にキリギリスの歯に何回も噛み破られ、そのたびに血が止まりませんでした。捕まえたキリギリスを高粱の茎できれいに編んだ小籠に入れたり、我が家の庭の湾曲した棗の老木に放してやると、チーチーチーと声を上げて歌います。その鳴き声を聞くと、指から血の出た痛みなど、きれいに忘れてしまうのでした。私の幼少の記憶では、春の日々は緑色で、枝々に綻び開いた若葉のように、陽光と白雲の下で成長しています。夏の日々はもう一つの燃える太陽、それは灼熱の粘り強い赤裸々な溢れる幻想です。秋の日々は果実の熟する芳香を放っています。冬の日々は子供たちに積み固められた雪だるま、それは子供たちの全ての夢想と直観とをしっかり抱え込み、数日後には太陽に溶かされてしまうのです。

——中学・高校時代の学校生活と、中国に於ける大学入試の体験を語って下さい。

中学・高校時代の学校生活は他の一般の学校と変わりありません。一切が勉強中心で、父母や先生たちの期待、大学入学という自分の理想の実現など、日々のプレッシャーは大変大きなものでした。中学は農村にありましたが、その当時なかなか評判の学校でした。生徒は毎日、先生が白桐に吊した鉄の鐘を打ち鳴らす前には全員が教室に揃って坐り、先生が授業に来るのを待っていました。月曜から土曜までびっしり詰まった授業の中で、最も好きだったのは、体育と勤労奉仕で、それは緊張し疲れた神経を和らげ、精神的なバランスを保ってくれました。この二つの授業は大抵屋外で行われたので、何とも言えない開放感がありました。国語と作文は私が特別大好きな科目でした。どの漢字も巧みな組み合わせ次第で生き生きとした表情を見せ、その優雅な味わいは限りないものでした。しかし数学は全く違っていました。いつまでも続くX＋Y＝Zの無味乾燥の公式変換は、私には受け付けられないものでした。ところがこの数学を軽視したばっかりに、大学入試では少なからず痛い目に遭いました。中国の学校に流布していた流行り文句「理数をしっかりやれば、世の中どこへ行っても恐いものはない」にはどうやら一理あったようです。高校は町の役所の所在地にあって現地の重点校であり、毎年多くの大志を抱いた中学生がこの学府への入学を希望しましたが、合格するのはほんの一握りの受験生でした。敷地も大変広く、大学への進学率も高く、ゆったりとした正門は、太陽の昇る東方に面していました。東は京広鉄道を臨み、北は病院に接し、西南側は広大な耕作地でした。授業中、校内は針が落ちる音が聞こえるくらい静かでした。生徒はほとんど誰もが校内で食住を共にしていましたが、よく学校の規律を守り、喧嘩による殴り合いとか弱者へのいじめとかいう話はあまり聞かず、恋愛にうつつを抜かす生徒もほとんどいませんでした。要するに誰もが皆、大学入試にすべての精力を集中していたのでした。農村に育ち、如何なる家庭的バックも持たない子供にとって、とりわけ中国の現実社会においては、大学に合格することは、唯一の活路なのです。これは中国の古代社会で状元・挙人そして進士に合格した者にだけ、人の上に立つことが許されたということと少し関連があるかも知れません。そんなわけで、一般大学入試が終わった後は、誰もが何キロも痩せていたに相違ありません。中国はその人口の多さにより、大学入試の難しさはおそらく世界一でしょう。私は入試終了後、まるで敗残兵のようで、全身の骨はガタガタで、身体を支えるのがやっとでした。高校の授業開始の鐘は、砲弾で作ったもので、校内中央の木枠に吊り下げてあり、その音は歯切れが良く澄んでいて遠くまで響き、どこかしらバタ臭さがありました。砲弾製のその大鐘は日本製だったのかも知れません。

――大学時代の勉強の様子と理想・抱負を語って下さい。

大学入学一年目は新しい学習環境のもと、野心満々でした。地球は自分を中心に回っていて、世界は自分に属していると考えていました。それに加え、人に弱みを見せることとなく頑張り、最初の一年は掛け値なしに書を読み、物事を学んだと言えます。二年目になると、もう悟りきったかのように、大学構内で流行っていた「六十点で万歳」を見倣って自分自身を緩めてしまい、三年目は徹底的に緩んでしまいました。恋愛、創作、将棋、鉄棒、酒、煙草、朝寝坊などなんでもござれ、完全に無政府主義者・自由主義者になり下がりました。そんな風だったにも拘わらず、大学時代、やはり私の理想と抱負ははっきり意識されていました。それは即ち、自分にとって更なる理想の作品をいかに書くべきかということでした。

――友人、旅行、そして恋愛の思い出を語って下さい。

友人は沢山いましたが、心に残っているのは数える程です。社会生活上の友、文学上の友、そして心の友、全ています。友情は私にとって積極性と生きるエネルギーを生み出すものの一つです。私は生まれつき人間が単純なもので、何人かのいわゆる友人に利用され傷つけられたこともあります。しかし彼らのことはさっさと記憶から消し去りました。

私は旅するのが好きです。旅は未知の世界を理解するためのきっかけとなります。私の旅好きは、私の人一倍強い好奇心と切り離せないでしょう。旅は使い慣れた鍵を使って見知らぬドアが思いがけなく開くようなもので、それは意外な驚喜と収穫を私にもたらしてくれます。私にとって旅とは永遠に斬新で素晴らしいものです。自分の体力への挑戦であり、自分の生命の中に昇ってくる地平線であり、視野を広げてくれるものです。愉快な旅は、乾涸びた記憶を瑞々しい豊かなものにし、堕落した精神を蘇らせ奮い立たせるに違いありません。旅は沈黙する者の唇を開きます。

恋愛ということになると、甘く苦い思い出がちょっとあります。小学校に上がったときクラスの美しい少女に密かに恋心を抱いたことがありました。彼女は今でもなお私にとって一番の恋人です。ぱっちりした大きな眼、三日月のような二筋の眉の上には、手入れの行き届いた前髪がいつも風にさらさら揺れていました。小さな手は白く透きとおり、その声は微風のように快かったものです。彼女が座る或いは歩く、手を挙げる或いは足を上げる、振り返る或いは眉を顰める、彼女の一挙手一投足に詩情が満ち溢れていました。中学・高校では勉学の競争が激烈で、私にとって恋愛の空白期間でした。その間も何かがもやもやと芽生えたことはありましたが、進学への願望によって、めばえた恋心はそのまま大きくなることはなく消えていってしまいました。鞄に避妊具を入れて登校するほかの高校生たちに比べたら、私の恋は遅れてやって来た春でした。それは大学二年、初夏のある夕暮れに始まり、一人の少女の壁をも貫きそうな熱烈で優しい眼差しから始まりました。私たちは星空の木の下や芝生の上で抱き合いキスをして、夢のように酔ったように、そうしてびっしょりと汗をかいたのでした。私の胸の襟は何人もの少女の涙によって湿りましたが、私と彼女たちはそれぞれ自分の道をたどることになりました。

それらは美しい錯覚だったのかも知れません。恋愛は美しく熾烈で我を失ってしまう、決して忘れることのできないものです。

——あなたは最初、どのようにして日本を知りましたか？

物心ついたときには日本を知っていたと思います。それは祖父が語り聞かせてくれたものです。祖父がまだ若かった頃、日本兵が村を通りかかったので、彼は嫁に貰ったばかりの祖母を、深さゆうに数メートルもあるサツマイモの穴蔵に隠したそうです。日本兵は祖父の庭にある胡桃の樹によじ登り、まだ熟していない青胡桃をもいで食べ、そのあまりの苦さに口を大きく開けて吐き出すと、わけのわからない言葉でさんざん毒づいてそのまま行ってしまったというものです。私がまだ小学校に上がる前、私が泣き騒いだり、夜中にうまく寝付けなかったりしたとき、祖母はいつも「これ以上言うことを聞けないなら、おまえを日本兵にさらっていかせるよ！」という言葉で脅したのでした。幼心に、日本は一種恐ろしい悪魔の代名詞でした。日本を具体的に知ったのは、映画の中に登場する日本の兵隊が始まりでした。私が幼い頃の映画は、ほとんどが画一的な戦争物で、どの映画でも日本兵はほとんどが、八路軍やゲリラ部隊にさんざんに打ち負かされ壊滅し、軍隊としての体を無くしてしまうのでした。そのときの日本は私にとって曖昧なぼんやりしたものにしか過ぎませんでした。日本と日本人が最初に私に与えた印象は、ちょうど小学校に上がったとき教科書に書いてあったような、帝国主義の残忍な侵略者というものでした。長い間日本人は誰もがみな、人の首を叩き斬る突撃刀を所持していると思っていました。年齢を重ね知識が蓄積されるにしたがって、日本が敗戦の廃墟から立ち上がり、先進的な科学文化・技術を有する文明工業国となったことを知ることになりました。そしてこうして実際に日本に来てみると、日本の人々はとても平和を愛しているのだと感じます。私がこれまで様々な日本人と接してきましたが、誰もが皆とても善良で、友好的で、誠実で、そして約束を守る方ばかりです。

——あなたの日本留学の動機と契機は何ですか？

私が日本に留学したのは、単に偶然と幸運が重なっただけです。現在振り返ってみても、何故日本に来たのか、自分でもよくわかりません。大学が学生を外国留学に派遣するというチャンスが私の頭上に降ってきたと言うしかありません。これはきっと運命なのでしょう。

――来日後、日本の文化、社会、風俗、人情などが最初にあなたに与えた印象はどのようなものでしたか？

来日したばかりの頃は、特に自分が異国に来ているとは感じませんでした。とりわけ大通りや街看板に書いてある漢字を眼にすると、漢字のもう一つの故郷に来たように感じたものでした。長く暮らしてみてやっと、日本は中国ではなく自らの独特の歴史文化を持つ国であり、大いに伝統を尊重し継承し、積極的に外来文化のエッセンスを取り入れる国でもあることを理解しました。このことは、「古いものは立ち去らず、新しいものはやって来ない」、破壊的な破旧立新の生存哲学に富む中国人の観念とはちょうど対極にあります。文化大革命という計り知れないほど大きな災難によって、大きな価値を持つ歴史・文化・美術・宗教などのそれこそ無数の貴重な遺産が、手痛い代価を支払うことになりましたし、道徳の喪失と精神倫理の崩壊などによって、人心は乱れ汚れたものになりました。これは現代中国社会の深刻な歴史的教訓です。政治によってもたらされ、文化と精神に残された負の遺産の傷を直すには、数世代の人々にわたる治療が必要です。日本にはこのような経験はなく、人々は代を追うごとにますます自分の祖先の残したものを大切にするようです。もし超一流の骨董商になりたければ日本の骨董市をじっくり見て回らなければ、それは絵空事になるのではないかと私は思います。日本人の風俗人情は中国と比較的近いと思います。というのも日本の文化が中国から来ているからで、例えば恩返しや義侠心、頂きものをしてお返しをしないのは人ではないなどの礼儀、そしてなにごとにも謙虚であること、老人を敬い子供を慈しむという理念は、おそらく共に孔子から学んだものなのでしょう。ですから日本人と付き合うと、いつもその美点である純粋で透明な心に感化されるのです。日本がごく短期間のうちに、外国の先進的経験と技術とを模倣し、学び取り、自分のものにすることができたことは、中国がおおいに学び参考にする価値があります。私はずっとこれが日本が大いに自慢できるところだと思っています。だから一部の人の日本のことを「コピーできるだけで、創造性に欠ける」という偏見に満ちた言い方には賛成できないのです。歴史的に見れば、日本は人類文明に大きな貢献はしていないかも知れない。しかし現代日本は、現代の人類社会のために大いに貢献しています。例えば日本人が発明したコピー機、カラオケなどは、現代人類の仕事や生活に欠かすことのできないものになっているし、電気製品や自動車産業はなおさら言うまでもありません。中国の人口の十分の一である日本で、すでに二十数名が、物理、化学、医学、文学などの各分野でノーベル賞を受賞しています。これはたいへんなことです。ほかの多くの中国人と同じように、私も中国人の四大発明のことを誇らしく思います。しかし考え直してみると、この百年余り私たち中国人は現代の人類文明のために何か創り出したでしょうか？　もちろん全体から見れば、日本の国家意識あるいは日本人の思想には、開放的なところと保守的なところが重なり合った矛盾があるように思いますが。

——日本の生活で困った事はありますか？　あなたが一番楽しい事は何ですか？

ありますす。その一つは、日本人と付き合う上で、日本人の曖昧な言語表現に戸惑ってしまうことです。二つ目は、こらえ切れない母国への郷愁です。日本に来てから楽しいことは多いです。自分がこの国で充実した生活をしていると実感しています。

——ご自身の精神史や創作活動について述べて下さい。あなたの少年時代はどんな文学環境でしたか？　どんな本を読みましたか？

私の精神史の形成には家庭環境が大いに関係しています。父は六〇年代に大学を卒業しました。彼は中国に昔からある「学びて優なれば則ち仕ふるなり」という価値観で頭がいっぱいでした。そんな父のいる家庭に育ち、様々なものを見聞きするうちごく自然に、私自身も濃厚な儒家思想に染まり、知識は何よりも高いところにあるものだと考えていました。私の少年時代は文学のなかった時代でした。あの頃は至るところ政治的制裁の銅鑼や太鼓の鳴り響く宣伝抗争の声に満ちていたように漠然と記憶しています。いびつな偽物の文学が氾濫していました。本物の文学は暗黒の闇へ押し込められながらも、地下で成長していました。少年時代に一番多く読むことができた連環画ですが、最初に読んだ小説は、父がびくびくしながら保存していた、彼の大学入学時に教科書に掲載されていた、繁体字による『阿Q正伝』でした。父は一字一句解説してくれましたが、やはり一知半解でした。中一になって初めて読んだ小説は、書き写したポルノ小説『少女の心』でした。私はその内容にびっくり仰天し、夜も眠ることができなくなりました。この小説は、本当の意味で私に性の目覚めをもたらしました。その後また引き続いて、田舎で辛うじて読みうる『林海雪原』、『大刀記』等を読み、『アンデルセン童話集』等の外国文学作品は、もっと後になってやっと読むことができました。

――あなたの青年時代はどんな本を読みましたか？

どうぞ私の記憶に一息入れさせて下さい。申し訳ありません。

――とりわけ古典文学と外国文学で、あなたは具体的にどのような文学作品の影響を受けましたか？

私の読んだ古典文学は、ざっと『詩経』、『離騒』、『儒林外史』、『西遊記』、『紅楼夢』、『唐詩三百首』などです。外国文学は『ヴァン・ゴッホ伝』、ホイットマンの『草の葉』、『シェークスピア詩選』、トルストイ、チェーホフ、サルトル、ニーチェなどの著作ですが、中でもファーブルの『昆虫記』は最も私を夢中にさせました。こうやって本や作者の名前を並べるとなんだか見せびらかしているような感じですね。どんな文学作品に影響を受けたかは、私の作品を見てもらうのが一番です。

――あなたは自然科学社会科学方面に関する本も読みましたか？

読みました。自然科学の本は、ときとして文学書以上に私の好奇心を満足させることができたようです。

——重複する質問になるかも知れませんが、あなたが受けた影響の深い作品や詩人の名を挙げ、その理由は何であるのか語って下さい。

私自身がこよなく愛する外国詩人は、ロルカ、パステルナーク、ツェラン、シュペルヴィエル、スティーヴンズ等です。中国では、屈原、李商隠、李白、李賀等がいます。これらの詩人がすべて私に強い影響を与えたとは限りませんが、重要なのは、彼らの作品が生み出した、私の文学の審美感および思想との共鳴です。本についても何冊かありますが、国内に限って言えば、高一で初めて艾青の詩と彼の詩論に接したとき一時期気に入っていたことがありますが、その後すぐ戴望舒の詩に出会い、艾青の、心の中をありのままに述べるという「平面叙述」のリアリズム作品にはあまり興味を感じなくなり、戴望舒の屈折した抒情による「立体叙述」のモダニズム作品に傾倒していきました。

——あなたはどのようにして詩歌の創作を開始したのですか？

私は小さいときから詩人になろうなどと思ったことはありません。中学のとき、一篇の短い作文が驚いたことにコンクールでちょっとした賞に入選したときには、密かに将来は小説を書いてみようと考えたこともありますが、詩についてはずっとそんな大それた望みは抱いたことはありませんでした。私の詩作はある郊外登山から始まりました。その山は、私が生まれて初めて向き合い征服した、特に高くもなければ大きくもない山でした。もし飛行機から見たら石ころのように小さいかも知れませんが、山頂にたどり着いたとき、それとは逆に、それまで感じたことのない「正に絶頂を凌ぐべし、一覧すれば群山小なり」（杜甫）の感動が生まれ、私の心は雲海のように沸き返り、私はその感動を身に帯びたまま学校に帰り着くと、ベッドサイドのランプを消し、窓から射し込む月光だけを頼りに、蒲団の中で慌ただしく一篇の行分けしたものを走り書きしました。多分これが私の書いた最初の詩です。高二のときのことです。以後断続的に何篇か書きましたが、大量の詩を創作したのは、大学入学以後のことです。

——自身の詩の風格について、あなたはどのように自覚し意識していますか？

自分の詩に対しては、自分による如何なる自覚も意識も持ち合わせていません。私自身は、自分の霊感から依頼を受けた媒体といったところです。風格が詩を生み出すのではなく、詩が風格を生み出すと考えています。風格のために書くと、創作は自縄自縛となります。風格は詩人のペンのもと、無意識に流露する、ある種の産物です。それは詩人の気質、思想、学識、背景、体験、そして経歴と密接にかかわっていて、切り離すことのできないものです。

——古代や近現代の先輩詩人に対する感想を語って下さい。

中国は、古くからの詩歌の歴史を持つ国で、代々少なからぬ優秀な詩人を輩出してきました。傑出した詩篇は、時を経るにしたがって、より魅力的なものに変わり、傑出した詩人は、時間の隔たりが長くなればなるほど、その声は歴史や時間を突き抜ける、ますます明瞭で魅力的なものとなります。ところが時間は一方で残酷きわまりなく、多くの詩人の名前を葬りもしてきました。本当の詩人とは一時の権勢や投機によって名前を天下に響かせる人のことではなく、時間という埃の中からでも人の眼に焼き付く光芒を放つ人のことです。ただ時間だけが詩人に命名し戴冠する権利を持っていると言えます。

——あなたは、中国のどのような文化伝統の影響を受けたのか、それを語って下さい。どのように伝統に対処していますか？

これは一言では語り尽くせない問題です。基本的に私は一人の中国の文化伝統の誠実な継承者です。私が伝統を無視するような詩人の作品の将来性を懐疑するのには理由があります。それは私の血肉、私の思惟、私の眼差し、私の声、私の一切合切が、中国文化の伝統が築きあげてくれたものだからです。伝統は私たちの生命の色素と遺伝子、海と湖とを乗せている大地です。かつて詩に書いたことがあります。「私の静脈には長江が流れ、動脈には黄河が流れている」と。伝統の牢獄に陥るわけではなく、伝統の上に己を展開し再建し、伝統の沃野に飛翔するのです。率直に言って、私の骨の中には文化をひっくり返し伝統に逆らう反逆成分が、少なからずあります。でも決して伝統を捨てることはできません。捨てるということは、自分をつまらないものにしかできないということを意味しているのです。どの民族の詩人や作家も、己の文化や伝統を捨て去るのは愚かなことです。

――あなたが第一詩集を出版したときの感想は如何でしたか？

感激のあまりもう少しで地球から飛び出すところでした。第一詩集の出版は、更に自己に挑戦する勇気と自信とをもたらしました。今も父方の伯母で台湾在住の画家・台湾文化大学教授田曼詩女士に深く感謝しています。というのも、彼女が中国の親戚訪問をした折に、私が新聞や雑誌に発表した作品の切り抜き帳を見ると、私の詩稿を台湾に持ち帰ったのです。そして思いがけないことに、それが台湾の出版社に高く評価されて出版されることになり、なんと当時広く読まれていた『醜い中国人』の作者である柏楊先生が序文を書いて下さったのです。思いがけない展開に驚きの連続でした。処女詩集の出版は、私にはこの上ない励ましとなり、それは私が進路を文学に定める真の契機となりました。いまこの詩集に収められている作品を読み返してみると、その純粋さとあどけなさはまるで真空の世界で書いたかのようです。当時は名のある詩人でもほとんどが詩集出版が困難な状況の中で、私は幸運でした。一九八八年処女詩集出版後、千ドル余りの印税を受け取り、私は金持ちの大学三年生になりました。

――中国の現代文学についてあなたはどのようにお考えですか？

中国の現代文学は健全に発展していると感じています。とりわけ詩歌はこの何年かのうちに高水準の世界詩歌との距離を大いに縮めましたし、中国現代詩はすでに現下の世界詩歌の中で、他を遠く引き離していると、自信を持って言ってよいとさえ思います。その他の文学作品は、まだ詩歌の後塵を拝しているかも知れません。詩歌は、中国にあっては一貫して、先頭を切る先兵の役柄を演じてきましたが、詩歌は中国の文学界の勇者であり、古代から今に至るまで、大変多くの詩人が詩歌の故に左遷され、投獄され、亡命し、そして犠牲となりました。中国の詩人が詩歌故に支払った代価の大きさは、他の国の詩人には全く想像のつかないものだと思います。

中国が改革開放してから、文学は単一硬直の枠組みをうち破り多元化に歩を進めました。それはもう政治を謳歌するものであったり、政治に利用される道具ではなくなったということです。文学は自身で目覚め、文学自身に戻りました。これは中国の、この二十年の文学に起こった最も素晴らしい変化です。この点については、皆さんの眼にもはっきり見えているはずだと確信しています。

——現代の中国文化に対してあなたはどんな意見を持っていますか？

もし私が国家主席になったなら、別荘や記念堂の建設を止め、宴会の席を少なくし、そのかわり文学館や図書館をたくさん建て、国民全体の文化教養を高め、原稿料制度を改善し、作家、詩人そして知識人の待遇を向上させます。さらに文化事業を愛し擁護し、文化プロジェクト事業の加速を全国民に呼びかけます。

——あなたの日本文学に対する印象を簡単に語って下さい。

私が最初に日本文学を読んだのは、中国語に訳された石川啄木の二篇の詩「鷗」と「墓碑銘」です。あっさりしている、簡略である、含蓄がある、小さくて精巧であるというのが全体としての印象です。その後、川端康成、谷崎潤一郎、安部公房、三島由紀夫、村上春樹、大江健三郎などの小説を読み、日本の小説は、人間性の表出と言葉の抑制、心理描写、人物造型、構成組み立てなど、どれも中国の作家が手本にする価値があると感じました。日本文学の全体的レベルについて言えば、小説は詩歌の上にあると言えるでしょうか。当然のことですが、こう言ったからといって、日本の詩歌が世界から遅れていると言っているのではありません。私が近年翻訳した谷川俊太郎、田村隆一などの詩人は、何と言おうと世界一流の詩人です。谷川俊太郎の作品が中国語に翻訳され、中国で発表された後、数十誌に及ぶ雑誌が転載し、しかも少なからぬ人が評論や学位論文を書きました。このことは日本現代詩の魅力の存在を充分に証明しています。

――現在の創作状況と今後の予定を簡単に語って下さい。

私の現在の創作状況は良好ですが、創作の数量は以前よりも少ないです。今後の予定は、まず『谷川俊太郎詩選』を中国で翻訳出版し、続いてさらにもう一冊『現代日本青年詩選』を翻訳し、日本の詩壇で活躍している青年詩人たちの作品を中国に紹介し、同時に『中国現代青年詩選』も編集翻訳し、日本の読者に紹介したいと思っています。もとより、この仕事は私にとってたいへん困難を伴うものです。自身のものについて言えば、これから数年のうちに新詩集を出そうと考えています。

――あなたの忘れ難い人は誰で、忘れ難い格言は何ですか?

私にとって忘れ難い人は、私を育ててくれた両親と私を教育してくれた先生方、それに私を助けてくれた先輩や友人です。私のお気に入りの格言は、屈原の「はるばる遠く長い路を、上り下ってわがよき人を捜し求めよう」(『離騒』の中の言葉)です。そして、フランスの作家フローベルの「苦しみは私の傲慢をさいなむが、私は大業を成し遂げねばならない」です。

――中国の現代詩壇の最も優れた青年詩人、青年詩論家はどんな人達だと、あなたはお考えですか?

これについてはしばらく自分の意見を保留したいと思います。確か八〇年代末から九〇年代初め頃、中国の幾つかの民間雑誌が、優れた青年詩人を選定する活動を行ったことがあります。それを行っている雑誌は今でもあります。その最新の選定結果をここに書くのは構わないでしょう。一つは重慶で刊行の『国際漢語詩壇』です。そこが一九九七年十二月に選定した「中国現代十大傑出青年詩人」(得票の多少によって順番に並べ、六〇年代以降に生まれた詩人に限定しています)は、西川(北京)、伊沙

（西安）、韓東（南京）、叶舟（蘭州）、孟浪（アメリカ）、余怒（安徽）、馬永波（黒竜江）、田原（日本）、楚子（湖南）、麦子（広西）としています。もう一つは安徽省で刊行の詩誌『淮風』です。そこが一九九八年九月に選定した「中国現代十大傑出詩論家」（同じく得票の多少によって順番に並べ、五〇年代以降に生まれた詩論家に限定しています）は、陳超（河北）、唐暁渡（北京）、程光煒（北京）、楊遠宏（四川）、周倫佑（四川）、鄒建軍（湖北）、李震（北京）、孫基林（山東）、王岳川（北京）、蔣登科（重慶）としています。こういう選定活動は、どれも周辺の民間雑誌によるもので、官を代表するものではありません。私はそれらの選定基準については審らかではありませんが、中国の優れた詩人や批評家は、これらの人たちで大きく外れてはいないと感じます。もちろん選定された詩人や詩論家だけが特別に優れているとは思えませんが、投票した選定委員たちの好みや何かの巡り合わせを除けば、より重要なのは、彼らがこれから何が書けるか、そこに関心を持たなくてはならないということです。

――人生の理想や生活信条を簡単に語って下さい。

かつて私が密かに自らに課した、何人かの親友が私に論じ語った「三無主義」です。即ち、「女を買わない、酔って暴れない、煙草を吸わない」です。私は常に生活を愛していきたいと思っています。現実と理想の間、現在と未来の間に、自己の人格についての基準と創作の品格についての価値理念、誠実・正義・豊かな同情心、これらを堅持したいと思います。強者とは戦い、弱者に思いやりの手を伸ばそうと思います。人生の理想について言えば、安定した創作・生活環境があれば、もうそれで充分です。

（構成・ききて＝竹内新）

（「学友」四十三号、二〇〇〇年）

二股をかけることについて

私は田舎者なので、舞台に上がるということは私にとってギロチンにかけられるようなものです。こうして舞台に上がると、まるでギロチンの歯が落ちてくるのを待っているような気分で、身体がこわばってしまいます。舞台に上がると、時に思考停止になってしまう場合もあるほどです。

まず、H氏賞を創設された平澤貞次郎さんとそのご遺族にお礼を申し上げたいと思います。それから、多くの選考委員からもったいないお褒めの言葉をいただき、有難いことだと、心から感謝しております。たまたま、今年のH氏賞に偶然、私が選ばれ、このことに関しては、中国の多くのメディアでも報道され、たくさんの中国人にも知られることとなりました。多分、これから、小説の芥川賞と同じくらい、中国でももっと注目されるようになるのではないかと思います。これは、見えない世界にいらっしゃる創設者の平澤貞二郎さんも喜んでくださるのではないかと考えております。

さて、本題に入りますが、二股をかけると言うと、おそらく多くの日本語を母語とする方はすぐ恋愛か不倫などのイメージを思い浮かべる、あるいは連想するのではないかと思います。中国語にこの二股をかけるという決まった表現があります、それは「脚踏両只船」です。直訳しますと「両足を別々の船にのせる」という意味になります。日本語にはほかに「二足のわらじをはく」や、似たような表現として「両刀遣い」などもありますが。

まあ、恋愛において、普通は、男性にしろ、女性にしろ、二股は道徳的に許しがたい行為だと考えていると思いますが、道徳を超えて考えれば、ある意味で二股のできる人は、その人にそれだけの能力、力がある、あるいは魅力があるということだと考えることもできると思います。勿論、ここで、二股をかけている人たちを弁護するつもりは毛頭ありませんが……。

私が今ここで言う二股は、まず自分の母語と日本語の両方で詩を書くということ。「母語という言葉は、明治のはじめにつくられた言葉らしい」。それから創作方法若しくは書きかたにおいては、日常から詩を生み出すと同時に、まったく日常とかかわりがなく、言わば非日常＝実の生活から遊離して詩を書くということです。拙著を読んで下さった方は気づかれたと思いますが、私は一冊の詩集を一つの書き方だけで作ることは絶対したくないのです。様々な手法をミックスするのが私の「好み」なのです。

「受賞の言葉」でも触れましたが、私は基本的に詩人は自分の母語でしかうまく表現できないと考えています。母語に関しては同様のことをツェランも、ブロツキーも、ベンヤミンも言及したことがあると記憶しています。去年、香港に行って、詩人の北島さんに会ったとき、彼も同じようなことを話していました。この前、亡くなった作家の米原万里さんは生前、エリツィン大統領の通訳をつとめたほどの方なので、おそらくロシア語は彼女の第二の母語に違いないと思うのですが、彼女は『真夜中の太陽』（中央公論新社）という本で「どんな外国語も、最初の言語である母語以上に巧くなることは絶対にない」と断言しています。彼女の「絶対論」には全面的に賛成はできませんが、母語を超えてものを書くということが如何に至難のわざであるかということを、彼女のこの言葉は端的に表しています。私がなぜ、日本語で詩を書こうと思ったのか、それはやはり十六年間、谷川俊太郎の詩を中心に翻訳したということが大きいと思います。谷川さんの詩に触れることで日本語に魅力を感じたからです。それから日本語の独自性、すなわち、一つの言葉の中に、漢字、ひらがな、カタカタ、ローマ字が同時に登場していることがとても新鮮に感じられ、好奇心が爆発する寸前までにふくらんだからです。

皆さんご存知のように、現代中国語は孤立語と言われながら、形、音、義という性格を持っています。日本語の場合は膠着語——つまり、中国語の孤立（語）と英語の屈折（語）などを混ぜてできた言語です。ミックス的で、混血言語ですね。表記文字においては、漢字、ひらがな、カタカナ、ローマ字があります。中国語の場合は表記文字が漢字しかありませんが、音においてはとても豊かで、四つの声調、軽声を含めて言えば、五つの声調を持っています。日本語の「音」は中国語のような激しい変化がありませんが、「音」の歴史とルーツを追究しますと、中国語古代の呉音（中国南方系の発音）、唐音（唐、宋、元、明、清の総称の発音）、それから、漢音（長安地域の発音）から来たことは皆さんご存知の通りです。つまり、日本語は表記文字と音の両面においても混血的存在です。私が日本語で詩を書くときは、この母語の音（リズムというか）を頭から切り離すことができません。

詩集の「あとがき」にも書きましたが、中国語は閉鎖的で、日本語は開放的な言語だと思っています。開放感のある日本語で詩を書くとき、母語の閉鎖的なところを解放してくれるような気がします。両言語の語彙に関しては、ときに日本語の語彙の意味が豊かで母語の語彙の貧しいところを調和してくれます。自分の母語で詩を書くとき、はっきりとしているところが日本語の曖昧さにも調和してくれます。言わば、両言語の「長所共享＝長所をともに享受する」、「短所互補＝互いに短所を補う」ということです。

例えば「キス」という単語、日本語には「kiss」、「接吻」、「ロづけ」、「くちすい」、「ロロ」、「ロ印」、「ちゅー」、俗説には「十一番」もあるそうです。中国語においては私の知っている限りでは「接吻」、「親吻」、「親嘴」、「咬乖乖」しかない。これは一つの単語の例に過ぎませんが、中国語で詩を書くとき、日本語の語彙の豊かさには大いに助けられます。ときに頭の中で日本語の表現を調達して使わせてもらうこともあります。また逆に日本語にはない中国語の表現を使うこともあります。

詩には決まったルールがありません。しかし、私は、詩はルールのないルールを持っていると思います。たとえば、形式において、今日本では散文詩のようなものが流行っているようですが、それはなぜか？　あるいは、なぜ行を分けて詩を書かないのか？　私はこのことについて時折考えることがあります。こういう言い方をすると、私が行分けの形式にこだわっているように聞こえるかも知れませんが、それはまったく違います。はっきり言って、実は私も散文詩らしいものを書いています。詩と散文詩を建物に喩えてみると、散文詩は平屋、詩は塔のような存在ではないでしょうか。私には平屋はいくら工夫して巧妙に作っても似たようなイメージにしか見えません。塔の場合は大地から同じように空に聳え立っているようですが、三重の塔、五重の塔、十三重の塔など、様々な構造や形があり、その立ち姿に強い孤独感を感じることができます。これは、いままで私が言い続けてきた「詩は沈黙から生まれる」という考え方に一致していると思います。優れた詩は永遠に静かで、永遠に沈黙し続けるものだと思います。

詩の普遍性について考えるとき、私はほぼ同時期に同じ三十代で死んだ二人の詩人のことを考えます。一人はスペインのガルシア・ロルカ、もう一人は中原中也です。二人とも死んで七十年になりますが、ロルカは国際的に読まれ、高く評価されているのに対し、中也は日本では人気もあり高い評価を受けているのに、世界的には読まれていない。詩が普遍性を持ち国境を越えるとはどういうことなのか、これからも追求していきたいと考えています。

最後に、今月号の「現代詩手帖」での高橋睦郎先生との書簡インタビュー（本書所収）の言葉を借りて、私の話を終わりにしたいと思います。これからも「虚心に読み、虚心に書く」ことを心がけたいと思います。

ご静聴ありがとうございました。

*二〇一〇年五月二十三日、東京飯田橋、ホテル・メトロポリタン・エドモントで行われたH氏賞授賞式でのスピーチ。

（「びーぐる」八号、二〇一〇年七月）

母語の現場を遠く離れた辺縁にて

――母語と日本語そしてバイリンガルでの創作

一

日本語の前では私は永遠に未熟で拙い表現者である。一般的に、詩人は生涯自らの母語を守り続けるものであるが、それは様々な創作者の中で、詩人こそが母語の寵児だからである。特に私のように母語のもとで大学まで卒業し、二十六歳という年齢で日本語の勉強をはじめた者はそうである。私は文学の表現能力は母語の表現能力で決まると考えている。リルケのフランス語の作品とジョセフ・ブロツキーの英語の作品が、二人が母語で書いた作品には及ばないように。母語は生まれながらに備わっている、詩人のもうひとつの血液のようなもので、肉体や魂の隅々を命尽きるそのときまで流れ続けるのである。身についてしまった母語以外に、ヨーロッパの言語であれアジアの言語であれ、後天的に学んで外国語を母語に匹敵させるのは至難の技である。私の個人的な創作経験では母語を超えるのはかなり困難なことであり、後天的な言語は常に母語の言語環境の支配下にある。「どんな外国語も、最初の言語である母語以上に巧くなることは絶対にない」（『真夜中の太陽』）と米原万里が書いていたように、母語はあらゆる作家・詩人にとって絶対的な存在であることはいうまでもない。言語への敏感な反応と好奇心、および語感、語順、言語環境、音、リズムをいかに合理的に処理するかは詩人にとって不可欠のものであり、それが私が日本に留学して以来、なかなか日本語で詩を作ってみようと思わなかった主因である。

二

中国語を母語とする者にとって、日本語は学びやすい言語だという誤解と優越感を持たせてしまう言語だろう。日本語の母体は中国語であり、中国語は日本語誕生の源であり、現代日本語で使われている五、六十パーセントの漢字は、日本語がわからなくても見ればその意味を理解することができる。日本語の難しさは実はまさにこの血縁関係にあると言えるのである。言語学的に見て日本語の文法は、助詞や語順、動詞の時制的変化などは中国語とは全く異なっているのであるが、では日本語が漢字への依存を断ち切れるかというと、それは容易なことではない。その生い立ちゆえに日本語は中国人が日本語本体に深く立ち入るのを困難にしているのである。中国人は、ラテン系、西欧系の言語と違って日本語を話すときにはつい日本語では意味の変わっている中国語の語彙をそのまま使ってしまい、十分な意味を相手に伝えることができないことがある。アルファベットの言語は中国語の語彙に置き換えるかそのまま無理矢理覚えてしまうしかないのでそういったことは起きない。日本語の中の漢語には漢字が日本に嫁いだときの意味が残っているものが少なくなく、そのまま通じるものもたくさんある。しかし多くの漢語が日本文化の中で日本式に変化し、意味も言葉の役割も変わってしまっているのである。

例えば中国語にも日本語にも〝飽満〟という言葉がある。日本語の〝飽満〟は〝お腹がいっぱい〟や〝飽食〟の意味で使うことがほとんどだが、中国語の〝飽満〟には更にたくさん用法があって、抽象的な名詞の〝精神〟を修飾して〝精神飽満〟のように使うこともできる。この簡単な一例からもわかるように、漢語の語彙が日本語ではどのような意味を持っているのか知っていないと、意味の通じない表現をしてしまったり、誤解を与えてしまうことになるのである。そして創作する上では、日本語の中の漢語をもっとも適切で重要な位置に定めることができなくなるのである。全体的に日本語は細やかなようで荒っぽく、具体的なようで不確定で、女性的な印象であり、中国語は総じて具体的で荒々しいが細やかさを失っていない男性的な印象がある。中国語の語彙が日本語の中では違った意味を持って通用しているということは大きな問題であるが、ここではこれくらいにしておく。

音韻学、言葉の組み立て方から見て、日本語は世界の言語の中でも把握しやすい部類に入ると言っていいだろう。日本語には四種類の文字がある。漢字、ひらがな、カタカナとローマ字である。日本語のこの四つの要素は、東西二つの言語が有機的に結合したものである。一つの言語でこれほどの文字種を持っているのは、世界の中でも日本語だけであろう。日本語の言語空間の広さと複雑さ、そして多元性は、漢字しかない中国語には比べるべくもない。日本語は中国語の表音、表意、象形の特徴を持ち、更に漢字の視覚的な造形美と同時に英語の抽象性をも持ち合わせている日本語の四つの要素の使用比率は、日本人にとっては暗黙の了解のようなもので、厳密な規定があるわけではない。世界各地の言葉や音から取ってきた外来語が日増しに増え氾濫し、一部の言語学者は日本語の乱れを憂慮しはじめているが、日本語の内在的な性質から見て、日本語の本質である曖昧性を欠点と見なしたり、敵視したりすることにはあまり賛成できない。曖昧という言葉は、中国語の現代漢語を見ても、日本の国語辞典を見ても、その解釈に大きな違いはなく、どちらにもマイナスのイメージがある。しかし曖昧というこの言葉を英語の ambiguity から考えると、プラスの意味——多義性——が前面に出てくる。これも私が日本語をロマンチックで詩的な言語であるとする根拠となっている。

個人の経験からすると、日本語で創作するときに直面する最も大きな戸惑いは、ひとつの言葉をどこにどのように置けば一番良いのかわからなくなることである。もっとも母語で創作するときにもこの状況には悩まされるのであるが。逆に日本語で創作するときの最大の快楽は、別の言語空間の広がりの中で、別の言語で文学を思考し自分の表現を探し当てることができることである。創作者、特に詩人には、ひとつひとつの言葉が指すもの、示すことのできる来歴を熟知し、その言葉の持っているものを正確に測ることが求められる。その中にはその言葉が持つ暗示的なものや元々持っている原始的意味、新しく備わった意味なども含まれ、正確な分銅のように、創作者の天秤にかけられた上で用いることができるものなのである。バイリンガルでの創作というとかっこよく、時代の先端で、優雅な仕事のように聞こえるかも知れないが、実際には言葉にできない、他人には知ることのできない苦しみの一面があるのである。中国語と比較的文法の似ている英語で創作した林語堂が二カ国語で創作する苦しみを感じていたかどうかは知らないが、英語の単語を目の前にして、戸惑うことがないということはなかったはずである。

三

一九七二年、三十二歳のロシアの詩人ブロツキー(Joseph Brodsky)はアメリカに亡命して間もなく英語で創作をはじめた。私は彼の英語の作品を高く評価したものを読んだことがなく、彼が自分が母語でない英語で作品を書くことに対してどう思っていたか書かれたものも見たことはないが、もし彼が健在であれば、きっとロシア語の方が英語より書きやすいということを認めるであろう。というのは彼は母語で型の定まった詩人であり、ロシア語はすでに彼の体と精神の一部になっていたからである。母語から遠く離れた〝現場〟で母語以外の言語で創作を続ける詩人や作家にとって有利なことと言えば、別の言語で母語を俯瞰し注意深く観察し、母語の足らないところを補い完全なものにするということくらいで、不利な要素の方は数えきれないほどあるのだから。母語の言葉が記憶の中で疲弊し流れ出してしまい、母語よりももっと多くのもっと精彩な未知の言葉に拒絶されることに苦悩する。既知の言葉をめぐってどこまで使って良いのかその使用範囲に対して、またそれらの言葉の深層にある文化的、歴史的背景を持つ意義の深さに対して、別の言語環境のもと、二つの言語の文化的衝突をどのように処理し、母語を越えようとするときに深く絡み付いてくるものから、いかに抜け出し別の言語を用いて自己を切り開き発展させていくのかなど、これらは創作者が避けては通ることのできない困惑なのである。

私が日本語で創作をはじめたのは日本語で詩の書ける詩人になりたかったのではなく、うまくいけば何十万円という賞金をもらえるかも知れないという不純な動機からで、それが第一回留学生文学賞に応募した経緯である。この賞を受賞したことは私が日本語で創作することへの勇気と自信を与えてくれ、その自信が生まれたことで谷川俊太郎の詩を翻訳するようになり、現在に至っている。谷川の美しく知的で簡潔で奥深い詩の言葉は、私と日本語の間の距離を縮め、私の中にあった日本語で創作することへの抵抗感を弱め、日本語に絶対的な信頼を寄せ、愛情を感じるようにしてくれたのである。そうではあっても、私は相変わらず自分が日本語の〝客人〟であって、〝主人〟ではないと感じている。この整理しにくい心理的落差は、数ヵ国語を操る詩人ツェラン（Paul Celan）が吐露した「母語だけが自分の真理を言い表すことができるのであり、外国語で書く詩人の表現しているものはでたらめである」と一致する。使いこなせるようになった日本語の言葉の前でも、自分がやはりまだ言葉を習いはじめた子どものようだとしみじみと感じさせられるのだ。日本語との間に存在する形のない越えようにも越えられぬ距離なのである。この距離にはもちろん文化や習慣、価値観の違いも含まれている。

四

日本語の変化する速度は中国語をはるかに超えており、世界の言語の中でもトップクラスだろう。この変化は、その外来語の吸収の仕方と言葉が常に淘汰され続けているところにはっきりと表れている。これこそカタカナの利便性によるものである。日本語の変化は日本文化全体の進み方と歩調を合わせている。日本語に比べて中国語の変化は比較的穏やかでのんびりしていると言えるだろう。たくさんの新語が常に死語に置き換わっているにもかかわらずである。相対的に日本語は中国語に比べて時代の関与を受けやすい。その関与は間違いなく文化上、文学上のものである。その背景は近現代の日本が西洋の人文科学の著作を大量に翻訳し移植したことに遡ることができる。日本はアジアの中のヨーロッパと呼ばれているが、アジアの伝統を継承、発展させることに成功し、東洋と西洋の伝統と現代を天衣無縫に繋ぎ合わせることに成功しているのである。経済の急激な発展と西洋文化の受容により、中国語の変化も徐々にではあるが、速くなってきている。文芸評論家の加藤周一の独創である〝交雑文化〟現象が中国に上陸する可能性もなくはない。実際、今の中国の一部の若い詩人たちの創作スタイルと得体の知れない読みづらいテキストは、この範疇に入る。ただ彼らはまだ〝交雑〟の優良種にはなっていない。その原因は彼らの西方文化に対して認識が浅いことと模倣が軽はずみなこと、および原文を読み込むだけの外国語の能力がないところにある。と同時に、彼らの母国語と文化の基礎もどれほどのものであるか疑わしいところがある。

日本語が中国語に比べて幸運なのは、戦後の日本語が健康的で良質な循環の文化のもとで発展していったことである。政治的イデオロギーに傷つけられたこともなければ、政治的支配者の抑圧を受けることもなく自立した言葉を持ち、自由に呼吸し、のびのびと成長し、ずっと政治的支配者との距離を保ってきたのである。これは西洋の国々も同様だと思う。もし文学の言葉がその立場を失えば、真の文学は存在しえないのだ。私が目にした戦後の日本文学には、政治的支配者の言葉を使って自分の思想を表現したり、文学を創作し、イデオロギーの犠牲となった詩人も作家は一人も見当たらない。そういう作家もいたのだろうが、笑いものになるだけでなく、文学界の冷たい視線の中、そそくさと姿を隠すしかなかっただろう。

ノーベル賞を獲得した二人の日本人作家の受賞の言葉の中で、川端康成の〝美しい日本〟と大江健三郎の〝曖昧な日本〟はどちらも言語学的見地からすると、日本語を概括しているとは言えず、偏った表現であると言えるかも知れない。私は漢字のふるさとから来た外国人だからかも知れないが、日本語はとても優しい言葉で、着物を着て微笑んでお辞儀している日本の少女のように感じる。しかし実際には日本語の柔らかさの中には硬さ、しかも日本独特の硬さがある。日本語の多元的表記が日本文学のその独特の気質を作り上げているのである。詩人の宮沢賢治、中原中也、谷川俊太郎、作家の三島由紀夫、谷崎潤一郎、安部公房、村上春樹、そしてノーベル賞受賞作家の二人の作品は、この独特の気質を最も体現しており、彼らの日本語は十分な個性と情緒を作り上げている。

五

詩の魅力は詩人の感性から来るものである。感性の素質と豊かな想像力、そして言葉を運用する能力こそが詩の質に直接影響を与えると私は考えている。これは谷川の詩をはじめとして偉大な詩人の作品の中で十分に発揮を見ることができるようになったと同時に、母語の強さを発見することもできたのだ。

（「国際人流」二〇一一年九月号）

されている。私は日本語で創作するとき、母語以外の言語で創作するということを通して創作の自己革命と換骨奪胎を行い、意識的に中国式の抒情から脱却し、中身のない抽象的表現をしたり、ただ日常生活レベルの叙述にのみ留めることは避けたいと思っている。しかし母語の思考様式と中国的情緒から脱却すること、自分の人生経験と記憶に背くことは全く容易なことではない。私はただ自分の限られた日本語の語彙の中から、簡潔で清浄で知性を備えた表現を心掛けることで、更に大きな意義を持った作品に高めようと努めている。谷川の詩学を通して、私は真の詩歌の意義は曖昧で見知らぬものではなく、はっきりとした透明なものであることがわかったように思う。たとえ極度に抽象的で難解な詩歌であっても、その意義は抽象化、曖昧化の中で、隠喩を通すことによって、その本質的な精神の輪郭を現すのである。そうして五里霧中のような不確定なものではなく、手で触ることのできる意義を読者に伝えることができるのである。

私は、日本語が私を受け入れてくれたことに感謝している。私はそのおかげで、自分の母語の足りないところ

作品論・詩人論

おめでとう田原さん

谷川俊太郎

君の名前は二つの文字で表されるが
その文字は三つの声をもっている
日本語を母語にしている者なら
誰もが名字だと思いこむ（たわら）
田は（タンボは）僕が子どものころ
家の裏手にひろびろとひろがっていて
彼方に富士山も見えていた
そこで冬は凧をあげ夏は蛙の声を聞いた
原は（ハラッパは）いたる所にあって
僕はヤンマやバッタと友だちだった
そんな田や原に似た土地は
君の故郷にもあるのではないか
その上には言語の違い国の違いに
知らん顔の太陽がおおらかに照っているが
子ども時代からの君と友達になるには
僕らは地の深みと天の高みを探りながら
その中間で人類の歴史に縺れこみ
人々とともにヤジロベエさながら
バランスをとらねばならない
これはしかしよく考えてみると
まさに詩の方法そのものかもしれない

ここでは（でんげん）さんと音で呼んで
はじめて君は振り向いてくれるのだが
それは日本語と日本人への寛容の表れ
（ん）が三つ続く弾むリズムが
君の元気そのもののようだし
中国語の発音の難しさに恐れをなして
僕はいまだに君を本当の名前
Tian Yuan で呼んでいない
ふた昔前『中国名詩選』というCDで
古代からの中国詩の声に触れた
むしろ女性的な優美な音が意外だった
漢字は音読みでは硬く抽象的でよそよそしく

僕らは訓読みすることで辛うじて
それらを身に収めていたのだから

だがそんな印象は君が日本語で書いた詩を
読み進むにつれてだんだん薄れていった

「中国語は硬の中に軟がある」
その軟を僕はとうに知っていたのだ
父が座右に置いていた唐俑の
衣の襞に隠されたなまめかしさで
また殷代の佩玉の柔らかい手触りで

君は確かに日本語で書いているが
その措辞は紙と木と草よりもむしろ
石と鉄と皮の質感を保っている
匂いと味と舌触りもまた微妙に異国的で
その横書きは君らが僕らより
西欧に近いことを思い知らせる

しかし違いをあげつらうことで
違いの深みにひそむ共通に近づく

それがこの時代に必要な方法だ
「いかなる賞状も詩人にとっては
一時の慰めと励ましでしかなく」
と君は書いているけれど
君が受けてくれたおかげで
H氏賞は一つの言語ともう一つの言語が
詩情という地下水で結ばれていること
また君の言い方を借りれば
母語という「運命が定めた妻」と
日本語という「因縁で結ばれた情婦」が
異なった宿命を生きながらも
女性性の深みで微笑み合う奇跡が
起るかもしれぬということを
示唆してくれたと言ってもいいだろう

国と国はときに憎みあい戦うが
翻訳で裏切りあうことはあっても
詩と詩は血を流して争うことはない
僕の国と君の国が戦った記憶は

僕の中で決して消え去ることはないが
君が僕らの言葉で詩を書くことで
そしてこの国の賞を受けてくれることで
僕らは権力や武力や富力に向かって
静かに立ち尽くす詩のささやかな力を
信じ直すことが出来るのではないだろうか

（『2010 現代詩』二〇一〇年日本現代詩人会刊）

鋭く温かい日本物語

白石かずこ

田原さんから『石の記憶』をいただいた。それで、「あッ!」、木の国ではなくて、そこは、と心が石にむかった。

石である、あの国は。あの国、とは田原さんの中国である。とめどもない広い大陸の中に屹立する石、石の文化、石の遺跡、石の歴史。

日本に来て、日本語を勉強し、もはや、わたしたちより、日本語にまみれて、日本語の根源に、どっかとすわって、『石の記憶』という一冊をまとめた。よめば、これは論文でなく詩集である。

「中国語は硬の中に軟がある。抽象、具体、含蓄、直接、孤立、……／日本語は柔の中に剛がある。曖昧、柔軟、解放、婉曲、膠着、……」と、田原さんがあとがきでのべている。その通りである。曖昧、まさにその通り。

もはや、日本語国の住人として、日常の中まで、とっぷりと日本にまみれているようで、そこはある精神のキリッとした、たたずまいがあり、すこしも何ものにも、まみれていることはない。

ここに田原あり、という精神と感性により、こころよい空間が、そのたたずまいのまわりに感じられる。それが詩の作品にも表れていて、どこにも曖昧、または膠着がない。したがって、さわやかで明快である。

「梅雨」にしろ、じめッとならない。〃朽木はキノコの形を構想している〃と、ユーモアにもとれそうな比喩がきいている。

〃口ごもる〃のは雨の滴りだけで、田原さんの詩の言葉は、いささかもにごりはなく明快である。

それは頭脳からと、彼の明快さを好む性格からくるのだろう。

わたしたちが梅雨とかくと、どうもしけってくるが、田原さんの筆力によると、「梅雨」すらも明快な印象になる。それは、彼のものをみる眼、観察のクリヤーさ、透明度か、また比喩が上等である。

〃シルク・ロードを旅したがっている〃というユーモア。また、さりげなく太陽すらも、裸の人間にしてしまうようなダイナミックな表現が詩の、男性的で、こころよい魅力になっている。

〃空の奥にくすぶっている太陽は自らの裸を待ちあぐむ〃など、いつか太陽をたくましい男に変えてしまう。

〃かびが密かに月の裏側にはびこっていくうちに〃なども絶妙である。かびと月のむすびつきなど、日常のコトバを月まで、もっていってしまうとは。

モンゴル　決まって地平線から昇ってくる草原／ベネ
チア　次第に海水に飲み込まれた都市／北中国　少し
ずつ黄砂に埋葬されてゆく陸地／地球　文明に十分傷
つけられた星／／人類は月面に多くの嘘を落書きをし
／宇宙のゴミはひそかに大西洋に墜落する

（「狂想曲」）

やさしい言葉で、二行で大事なことを告発する。かと思えば、「向日葵とわたし」の中では、このように植物の生理とエロティシズムが、いきなり現れる、その表現の妙。

向日葵が切り落されたと同時に愛情も／失われた　大地に残された向日葵の茎は／理由もなく勃起するペニスのように／空に硬く突き出ている（…）

という表現の明快で健康なエロティシズム。

また、表現、比喩の天才である。例えば「海の顔」の詩篇のこの行。

地球に巻きつく水平線は海の髪／島は鼻　浪は舌　暗礁は牙／でも　誰にも描くことはできない／あなたと私を見つめる海の顔全体は

自然、宇宙のこと、月面の落書き、大西洋に墜落する宇宙のゴミ、北京胡同（フートン）のこと、何億もの人々の涙が溜まってできた「堰き止め湖」のこと。

大地が千年に一度の大暴れをした後／突然現われた反逆者　それはお前／山あいを／悲しみながら流れる川を押し黙らせ／山々を揺り動かし震え上がらせた／（…）／たとえお前が大地よりはるかに横暴だとしても／山と樹木を根こそぎ押し流そうとも／死者の魂はお前にもう何も感じはしない／生き残った者にもお前を呪う余裕などありはしない／／堰き止め湖　堰き止め湖／若い母親の涙の枯れたあの目をお前は見たか／ただ茫然とそれでも諦めきれず　昂然と廃墟を眺めながら／呼び声が聞こえてくるのを待ち望んでいる目を／／一万年後　お前はそのときの人々に／感嘆され称賛される景色になっているかも知れない／しかし　私はこの詩を証として書き残しておきたい／西暦二〇〇八年五月のお前は／何億もの人々の涙が溜まってできたものであることを

これは四川大地震のあとに、抑えきれない涙をぬぐいながら書いたと田原さんは記している。この詩集は、どの一行も田原さんの涙と魂の熱い心によってかかれた詩篇。

ほとんど修行僧、詩の闘士のような気迫にみちて、どの詩も魂が熱くならずによみすごすことなどできない。

隣の中国から魂の人、詩魂あふれる元気で大きな才能と気迫の詩人が現れて、このような今までみえなかった歴史を、現実を大型スクリーンのように活写して書いて下さった事はどんなに重要かつ意義のあることか。

この中で唯一、スイートなラブソングがきこえるのは「二階の娘」である。

本の中で、ここに来て読者は、田原さんの日常のこころ明るくハピーなことをみて、きっとホッとすることであろう。

このエピソードをよみながら、よくここまで、たくみに日本語を乗馬でいうと、みごとに乗りこなしたと感嘆する。

母語が嫉妬するほどのうまさであり、二つの国を往き来する故に、中国も日本もどちらの背中もみえてくる。内臓が、ふれられるような温かみを感じることができる。

わたしたちは、このようにして国を学ばねばならないので、己を知るというのも、外から、眺めてもらうことで内側で眠っていたのが眼ざめ、みえてくる。実に硬質なエッセイと論文と結婚したような知と感性、両方、充たされた中国からみた鋭く温かい日本物語でもある。

（「国際人流」二〇一〇年八月号）

漢字という詩の家——『石の記憶』書評

小池昌代

どんな言語で書くかというのは、作家の運命に属する事柄だが、この日本にも、母国語でない「日本語」で表現する、詩人や作家が存在する。今回取り上げる詩集の著者・田原さんは、一九六五年、中国・河南省で生まれた。公費留学生として来日。その後、日本語で詩を書き始め、現在は谷川俊太郎の翻訳・研究でも知られる。本書は彼の二冊目の日本語詩集である。

小説のほうでは、近年、中国人作家の勢いがある。昨年（二〇〇八年）の芥川賞が楊逸（やんいー）さん。わたしが関わっていた山形・さくらんぼ文学新人賞でも、今年（二〇〇九年）の受賞者は、日本に帰化された邢彦（けいえん）さんという女性に決まった。邢彦さんの作品は、行き詰まった生々しい人間関係を描きながら、主人公の態度に、おおらかでのどかなものがあり、そこにわたしは救われた。そうした特性は、小説の「すじ」にあるというより、著された「日本語」そのものに備わった美点だと思われた。

田原さんの詩集は、とりたてて「のどか」を感じさせるものではないが、鷹揚な懐かしさがあり、日本語を母語とする現代詩人には、なかなか書けないところを、ずいっと大胆に記している。

「田舎町」と題された一篇は、「叙述が壟断する／記憶に沿って南下すると／川に臨む田舎町で／偶然出会った犬の鳴き声が／僕の郷愁を呼び覚ます」と始まる。「壟断」が読めない！　あわてて漢和辞典をひく。りゅうだんではない。「ろうだん」とある。意味は「おかの高く切りたっている所」。なるほど、学びます。

このように、字面にまず、二字熟語、四字熟語がびっしりと配置されている。どの頁もそうだ。彼の詩は、ひらがなをとれば、そのまま「漢詩」になりそうな気配を秘めている。

亡くなった作家の倉橋由美子は、漢詩を好んだが、その魅力について、「繊細で高雅なお茶の味わい」として、「甘み、苦み、渋味が微妙に釣り合って滋味に富み、神経を鎮めるとともに大脳を潑溂とさせる」と書いた。

現代日本の現代詩は、渋み、苦み多く、甘み・滋味となると、それらを醸しだす条件――すなわち、「成熟」を、詩人自らが怖れ、遠ざけているように見えるのだ。ところがどうだろう、田原さんの詩にはある。甘み・滋味・沈静効果。漢字そのものが持つ力なのかもしれない。だがそれ故、彼の詩は「古風」に見える。詩のなかで、偶然出会ったということの「犬」は、現代の日本ではもはや見かけることもない「野良犬」のようであり、朔太郎の書いた「見知らぬ不具の犬」に、そのまま接続するような感触がある。

また、彼の詩に、直喩、隠喩が湯水のごとくあふれていることも、驚かされる特徴のひとつである。わたしは、何か贅沢なものを見たような気がした。部厚く古めかしい言葉の絨毯の上を、歩いているような気分になった。「晩鐘」という詩は、「いま　私はその鬱陶しい響きのなかで老けてゆく」という印象的な一行から始まる。暗いリズムを言葉が刻む。思わず声を出し、読んでみたくなる。が、ふと、性差を感じないわけでもない。詩から聞こえてくる声は、あきらかに男性の声で、それもまた、漢字に由来するパワーなのか。

「……／鐘の音は石と火から来たものであると知っている／それは先祖の命と知恵の結晶であると／さらに知っている」。

自然との関わりのなかから多くの比喩が引き出されてくる。鐘の音が石と火から来ると書く感性は、わたしのなかには、ないものだ。

わたしは田原さんの詩を通して、いまだ、到達したことのない、漢字の深部（そんなものがあるのだろうか？）へと、降りていきたくなる。愚直に垂直に。そこは日本語と中国語とが、重なり合っているところの、文字の領土だ。

漢字を使うとき、この詩人は、奥のほうから、悠々堂々と出てくるのである。そうして囲碁における確信の一手を置くように、ぴしゃりと詩のなかにはめるのである。その新鮮さ。知っている漢字が見知らぬものとなり、見知らぬ漢字が、親しい知り合いとなる。

（「週刊朝日」二〇一〇年一月一―八日号）

田原解読

阿部公彦

型の威力

田原の詩の読み所はどこかと訊かれれば、私なら、まずは「型」だと言うでしょう。彼の作品は、口語自由詩における形の力をあらためて思い出させてくれるものです。ただ、それはいかにも形式らしかったり、見るからに規則にしばられているというものではありません。田原の詩にあるのは、もっと内在的で、ともすると見逃されがちな形の威力です。そのことを確かめるために、ここでは「夢の中の木」を少し詳しく読んでみたいと思います。

その百年の大木は
私の夢の中に生えた
緑色の歯である
深夜　それは風に
容赦なく根こそぎにされた
風は狂った獅子のように
木を摑んで空を飛んでゆく
夢の中で　私は
強引に移植されようとする木の運命を
推測できない

木がないと
私の空は崩れ始める
木がないと
私の世界は空っぽになる

木は私の夢路にある暖かい宿場だ
その梢で囀る鳥の鳴き声を私は聞き慣れている
その木陰で涼んだり雨宿りする人々　そして
葉が迎える黎明に私は馴染んでいる

木が夢の中で消えた後

ケシの花は毒素を吐き出し
木が夢の中で消えた後
馬車も泥濘（ぬかるみ）にはまった

木がないと私は
鳥の囀りに残る濃緑を追憶するしかない
木がないと
私は　木が遠方で育つのを祈るほかない

内容がなかなか大胆で、ちょっと変わった比喩もあるので、一読して型に目がいくということはないかもしれませんが、よく見てみるとこの詩はあちこちに型が埋め込まれているのです。

まず、ごく当たり前のことから確認しておきましょう。言うまでもないことですが、この詩は行分けされています。そして、それらの行が五行、五行、四行、四行、四行、四行とまとまって連をつくっている。それだけではありません。たとえば三連目は、「木がないと／私の空は崩れ始める」という前半と、「木がないと／私の世界は空っぽになる」という後半とが対になっています。五連目や六連目でも同じように前半と後半が対を成している。これらの連はそれぞれ中に対を抱えているとともに、連と連の間でも並列的な相似関係をつくっているわけです。このような対称性や並列性はがっちりした様式の存在を想起させるもので、昔の定型的な詩を彷彿とさせるかもしれません。詩の背後にマナーやお作法の気配がある。

これと合わせて、三～六連がいずれも「木」という語から始まっているのも特徴的です。「木は～」とあったり、「木が～」とあったりして、そのあとに続く助詞は一定ではないのですが、木をタイトルに掲げた作品だけあって、どの連の冒頭でも話題の中心として「木」という語が出てくる。

こうした型の根本にある原理は反復です。特定の言葉の使い方を何度も繰り返すことで、その使用法がことさら目立つ。すると、そのような構造そのものに何らかの価値があるような気がしてくる。情報の伝達という面から見ると繰り返しは無駄であり、意味の停滞につながりそうですが、他方、繰り返すことで、言われている内容とはかかわりなくなぜか力が漲るような気がしてくる。型は勢いを生み、リズムをつくり、やがては歌謡性にもつながります。

目には見えない型

ただ、型の威力はそれだけではありません。実は今確認した型は、詩を読まなくてもわかる型でした。つまり、詩の言葉に身をまかせ、その力動性を体験しなくても頁面をなぞっていけばある程度視認できる特徴でした。

この詩にはそのような可視的な型とは別に、もう少し見えにくい型も潜んでいます。これは詩を読み、その流れに身をまかせて初めて体験できるものです。たとえば冒頭一連目の「その百年の大木は／私の夢の中に生えた／緑色の歯である」と、四連目の「木は私の夢路にある暖かい宿場だ」という行に注目してみましょう。ここも「木は〜」が繰り返しになっていますが、助詞の「は」はごく一般的な語ですし、文の長さや構文の形もだいぶ違うので、ふつうに頁面をながめても型として意識されることはないでしょう。

しかし、この詩を通して読んでみると、この二箇所の目立たない「は」には大きな役割があることがわかってきます。というのも、この二箇所の「は」が型の結節点になっているからです。

この二箇所の「は」では、語り手は名づけ指し示す身振りをとっています。名づけや名指しは詩の中でもとても大事な行為です。この作品も「その百年の大木は／私の夢の中に生えた／緑色の歯である」というふうに、つまり「AはBである」という名づけをきっかけにして語りが始まっています。そして、後半の四連目では「木は私の夢路にある暖かい宿場だ」とやはり名づけが行われ、これをきっかけにして詩が終わっていく。こうしてみると、名づけ名指すためにこそこの詩は書かれたといっても過言ではないかもしれません。

名づけ名指すという行為は、日常生活の中で私たちが何気なく行っているものです。しかし、この詩ではことさら「今、語り手は名づけ名指しているのだ」ということを強調しようとしているようです。言ってみれば、名づけ名指すという行為そのものを主役にしようとしている。

ふつう名づけが行われるときに私たちが一番気にするのは、何がどのように名づけられるかです。「何」という所に焦点があたる。内容が重要である。この冒頭部分で語り手は「「百年の大木」＝「緑色の歯」である」と言っています。木が歯のようだというのはなかなか珍しい比喩です。ふつうはそんな喩えは思いつかない。きっと夢の中で、突拍子もない連想が起きてしまったのでしょう。ただ、ちょっと考えてみるとすぐ思い出すのは、歯がしばしば性的な隠喩を持つとされていることです。歯が抜かれることと、去勢されて性的能力を奪われることとがならべて考えられることは多い。また、木そのものも、その形から男性性の象徴と見なされることがよくあります。そういう意味では、木と歯とがつながる背後に何があるかはそれほど想像しにくくはない。単刀直入に性のことを念頭に置いてはいないにしても、おそらく詩人は性的なものも含めた「愛」について語ろうとしているのではないか。

しかし、そのような謎解きをしただけではこの詩をほんとうに読んだことにはなりません。この詩を体験するには、むしろ「百年の大木」＝「緑色の歯」というこの詩人の名づけ／名指しを理解しない方がいいくらいなのです。そこで謎に突き当たった方がいいくらいなのです。なぜなら、語り手自身が自分の言葉に驚きをこめているからです。「自分は「百年の大木」＝「緑色の歯」などという連想をしてしまった！　何ということだろう!!　わけがわからない……」と。

この「驚き」についてさらに考えてみましょう。自分で自分の言ったことに驚くというのは変と言えば変です。言葉というのは、まず自分の心の中で整理してから言うものではないか。言葉とはすぐれて私的なものです。だからこそ、表に出すのが恥ずかしい。ふだんは人目につかないところにある。それを思い切って外に出すときにさまざまな葛藤が生まれる。詩に限らず文学の言葉というのは、「よそ行き」「普段着」とはっきり分かれがちなふつうの言葉と違って内と外の両方の要素を併せ持っているので、内と外との間で生ずる摩擦そのものを背負うことのできるたいへんデリケートな装置として機能します。それが強みでもある。

だからこそ、ちょっと変なことも起きうる。言葉はたとえそれが自分のものであっても、まるで外からやってきたもののように聞こえることがあるのです。「自分はいいことを思いついた」なんていう言い方を私たちはしますが、こういうとき、私たちは言葉が向こうから勝手にやってきたというニュアンスをこめています。文学の言葉というものは、内から発生したものなのにまるで外から到来したかのように聞こえることがある。不思議な境地です。とりわけ詩は、こういう境地を表現するのが得意です。

「夢の中の木」の冒頭部にこめられているのも、そのようなニュアンスです。「自分は今、こんなことを言ってしまっているが、これは自分で口にしているものの、まるで外から到来したかのような言葉だ」という訝りや、不安や、驚きや、そして何より大事なのは、喜びがこめられている。「こんなことを言えて、嬉しい」という気分が読めるのです。

ということは、この部分で私たちが何より読み取らなければならないのは、必ずしも「百年の大木」と「緑色の歯」とが同じであるという〝連結感〟だけではないのです。それを記憶して、「ねえ、百年の大木は緑色の歯なんだってさあ」と誰かに吹聴してもほとんど意味はありません。私たちが何より読むべきはそのような陳述内容よりも、そんなことを口にしてしまったことに自ら驚き、心配し、しかし同時に喜んでもいる語り手のその微妙な態度です。それが先ほど述べた「名づけ名指すという行為そのものを主役にする」ということの意味です。詩人は自分が言っている内容に半ば驚いているわけですから、自分の言葉を他者のもののように受け取ってもいる。まるで言葉が勝手に生まれたかのような気分がある。ということは、彼は言葉そのものをそんなに窮屈に支配してはいない。これは自分だけのものだというこだわりもない。彼にとってほんとうに大事なのは、そのように言葉が流れ出ることを可能にする枠組みなのです。その枠組みをつくってくれるのが、名づけ名指すという構えなのです。

「は」の作用

　この名づけ／名指しと型の関係についてあらためて考えてみましょう。もし語り手が名づけ名指すという行為そのものを目立たせたいなら、読者もある程度それを感じ取る必要があります。どうでしょう。何か感じるでしょうか。感じるとしたら、どの段階でそれを察知するでしょう。

　おそらく私たちは、最初の行で「その百年の大木は」という「～は」構文が出てきただけで、すぐに名づけが中心になっていると判断するわけではないでしょう。読み進めて、全体に何となく名づけの気配のようなものが充満していることを感じ、何となく名づけが大事であることを悟るという順番ではないかと思います。

　型はこの気配を生みだすのに大いに役立っています。注意して見てみるとこの詩の序盤では、「～は」という言い方が連続して出てきています。以下の傍線部をご覧ください。

「その百年の大木は／私の夢の中に生えた／緑色の歯である／深夜　それは風に／容赦なく根こそぎにされた／／風は狂った獅子のように／木を摑んで空を飛んでゆく／夢の中で　私は／強引に移植されようとする木の運命を／推測できない／／木がないと／私の空は崩れ始める／木がないと／私の世界は空っぽになる」

　一つの連につき前半と後半に一回ずつ「～は」という言い方が使われています。しかし、「～は」の「～」の部分は入れ替わっていき、また、「～は」前後の構文も少しずつ形が変わります。しかも、最初の「その百年の大木は」の「は」は、「～は…である」という構文の一部になっているので定義や同定（アイデンティファイ）の含みを強く持つのに対し、後の「は」はもう少し意味が弱く目立ちません。せいぜい主語を示すくらいである。そうすると、いかにも「～は」が繰り返されているという感じはしません。「～は」という型はごくひっそりと埋め込まれているだけなのです。

　しかし、このようにひっそりとではあっても「～は」の形が続くことには二つの作用があるように思います。一つは文章全体に「～は」という言い方ならではの主語への焦点化が起きるということです。そもそも日本語は必ずしも主語を明示する必要のない言語です。それが「〜は」の使用によっていちいち主語が示されることで、主語性のようなものが強調されることになる。何だか主語が目立つ。前方の文の頭部に重心があるような気がしてくるのです。

これだけでもかなりの表現効果があります。私たちは、何となくこの語り手の言葉に強い主体性を感じるでしょう。語られている内容にかかわらず、このような語り方をする人はきっと行動力があって、欲もあって、感情的にも旺盛、エネルギーに満ちているのではないかという気がしてくる。世界に自分の身を任せるというよりは、積極的に世界に働きかけていくような人なのではないか。少なくともこの作品の言葉は、積極的に世界に働きかけるような言葉です。世界を語るにあたって、まるで世界に呼びかけるようにして声を出し、場合によっては比喩の力を通して世界そのものを別のものへと読み替えてしまおうとするような強烈な力を持っている。

定期的な力

しかし、これと並んでもう一つの作用も見逃せません。「〜は」がかなり定期的に出てくるということです。目立たないかもしれないけど、ちゃんと一定の割合で使われる。この定期性は必ずしも束縛にはなりません。むしろ逆です。「〜は」は型として定期的に出てきて、まるで不動性を顕示するかのようだけれど、実際には「〜は」という既定の型が変化を生むことにつながる。

そのあたりを確認するために、この詩のストーリーを連ごとにたどっておきましょう。まず一連目では「その百年の大木は／私の夢の中に生えた／緑色の歯である／深夜　それは風に／容赦なく根こそぎにされた」とあるのですが、「歯」にしても「容赦なく根こそぎにされた」にしても、木にまつわる暴力的で容赦ない力が描出されています。ただ、この時点ではまだわからないことだらけです。「根こそぎにされた」というのは、木が破壊されたのか、それとも別の場所に移動されただけなのかわかりません。暴力が外から来るものなのか、実は木そのものに由来するものなのかもわからない。語り手と木の関係もはっきりしない。木が語り手そのものである可能性もあるけれど、語り手のある部分を象徴するとも読める。ともかく私たちはあふれる暴力性に圧倒されます。

二連目になるとこの暴力は空間的なイメージと結びついて、広大さや無限の感覚を呼び覚まします。「風は狂った獅子のように／木を摑んで空を飛んでゆく／夢の中で　私は／強引に移植されようとする木の運命を／推測できない」という。木を取り巻く「運命」は、危険で残酷なのかもしれないけれど、そこで印象づけられるのはいったいどこに行くのかわからないという不明感です。

この不明さを受けて第三連では「木がないと／私の空は崩れ始める／木がないと／私の世界は空っぽになる」というふうに、不安が前面に出てきます。この連では今までの連と較べると言葉数そのものが減り、「木がないと」という句も繰り返されているので、情報量は一層少ない。だから、まるで詩の言葉が萎縮しはじめたような、ちょっとその場に踏みとどまって省察にふけっているような印象を与えます。内省的になって、声も小さくなる。「私の空は崩れ始める」「私の世界は空っぽになる」といった行に示された私という存在の根本的な危機は、このような語りの身振りの萎縮を通してより明確に示されるわけです。

しかし、第四連になると、萎縮しつつあった語りに転機が訪れます。「木は私の夢路にある暖かい宿場だ／その梢で囀る鳥の鳴き声を私は聞き慣れている／その木陰で涼んだり雨宿りする人々　そして／葉が迎える黎明に私は馴染んでいる」というふうに、がらっと違うぬくもりに満ちた木のイメージが想起されるのです。前半で強調された暴力性や広大無辺さとは対照的です。平穏で慎ましく繊細で可憐な風景が、語り手のやさしい眼差しを生んでいる。前半の嵐のような荒々しさとは全然ちがいます。でも、これも木が持っている顔の一つなのです。たしかに木は野蛮で壮絶な状況に巻き込まれることがある。歯に喩えられるくらいだから、木そのものにも凶暴な面があるのかもしれない。でも木がそもそも語り手にとって大事なものになったのは、後半で示される「暖かい宿場」のような役割が木にあったからなのです。でも、その木は失われてしまった。それにともなって語り手は

「暖かい宿場」をも失うことになる。

そういうわけで第四連は第三連で示された〝不安〟を説明する役割を果たしており、この二つの連には明確に論理的なつながりがあるとも言えます。ただ、おもしろいことに、こうして木のぬくもりが言及されるおかげで、詩の語りには穏やかなゆったりした空気が漂い出します。つまり、第四連は表面的な論理の上では、木が本来持っていたやさしい懐かしい部分を回顧的に思い出し、その喪失を嘆いているのですが、同時に、木のそうした面に言い及ぶことを通して、あらためて木の「暖かい宿場」をそこに再現してもいます。語り手はこうして失われた木の過去を語ることで、自らの過去をも生き直すわけです。

第五連は回顧から戻り、あらためて木のない世界を描いています。今、木は二重の意味で失われているのです。夢の中で木は風に根こそぎ持っていかれてしまった。しかし、その夢が覚めたという意味でも木は失われた。さらに言うと、木を回顧するひとときが終わったという意味でも、木は失われたのかもしれません。しかし、暴力的な夢が通り過ぎた後の、台風一過のような何となく清々しい平穏な空気も感じられます。

第六連では前の連の穏やかな空気が、同じような並列的な言葉の使い方とともに引き継がれます。第五連よりも落ち着きは増し、静けさとともに諦念のようなものがわき起こってくる。表面上語られているのが木の喪失であり、木の夢の喪失であるのに、「木がないと私は／鳥の囀りに残る濃緑を追憶するしかない／木がないと／私は　木が遠方で育つのを祈るほかない」という言い方を通して、むしろ「鳥の囀りに残る濃緑を追憶する」ことや、「木が遠方で育つのを祈る」ことの、その輝くような前向きさが印象づけられます。語られているのは否定や喪失なのに、私たちに伝わってくるのは別のことなのです。

さて、そこで先に立てた問に戻りましょう。このような展開感に満ちた語りの中で、「〜は」という型が定期的にあらわれる意味はどこにあるのか。語りの軸足は、一連目の荒々しい暴力、二連目の広大無辺、三連目の不安、四連目の回顧、五連目の喪失、六連目の祈りというふうにどんどん動いている。木は根こそぎ飛ばされ、それとともに語り手の大事な何かも失われたようです。しかし、そんな中で「～は」という言い方は持続的に語りの中にあらわれます。そうすると、このようなめまぐるしい変化にもかかわらず、語りには堅固な土台が築かれるのかもしれない。

考えてみると、この詩は出だしからしてきわめて不安定です。そもそも話題の中心が「木」なのか「私」なのかもはっきりしない。肝心の「木」にも暴力的で攻撃的な部分と、穏やかで包み込むような母性の両方がある。語りも失われたものを回顧的に振り返ろうとするのか、現状を描出したいのか、未来に向かっていくのかで揺れている。加えて、この語り手の比喩はかなり大胆で、イメージの連想や話の進め方も突拍子もないと思えることがある。

でも、そんな不安定で流動的な語りに「～は」がきちんとあらわれると、語りの足下が定まり、しっかりと前に進むことができるのです。「～は」という支えがあるおかげで、詩はどんな変化にさらされても、ばらばらになって崩壊することなく流動性を前向きに謳歌できる。たしかに不安定さは不安や恐怖にもつながりうるでしょうが、この語り手はそういう行方のわからない言葉の運動エネルギーを生命の勢いに変換し、むしろ積極的に楽しんでしまう力を持っているのです。

「は」の呪術

「夢の中の木」で田原が活用している名づけ／名指しという行為は、詩の言葉が元々持っている可能性を大いに引き出すものです。今の説明の中でも確認したように、「～は」という身振りが型として機能するおかげで、語り手の言葉が「自分」というこだわりから自由になれます。もう少しひらたく言うと、語り手は（もしくは詩人は）「自分は今型に合わせて語っているだけなのだ」というニュアンスをこめて語りを行うことで、きわめてしなやかで軽快な言葉の運動を実現することができる。決して無責任ということではありませんが、自分自身でも半ばわからないような言葉を口にすることができる。

これは「～は」という日本語の始まり方に、独特の呪術性があるからかもしれません。「〜は」という言い方は、主語を示すだけでなく、話題を導入するとか、強調するといったいろいろな用法があると言われています。それは提案や想起のためのかけ声であるだけでなく、呼び出し喚起することができる。そこにはない不在のものを、発声を通して表に引っ張り出すのが「は」の作用でもあるのです。だから、「夢の中の木」の第四連のように、表向き言っていることと、実際に語られていることとがずれることさえある。ほんとうは不在を強調するために言及したのに、言葉にした瞬間に「暖かい宿場」がそこに現前してしまうのです。

田原は別の詩でもこのような「は」を上手に使っています。

そのように長い歳月を経て
川の流れは｜疲れ果てた包帯だ
それは｜傷ついた村や山を包み縛っている
世の激しい移り変わりの船着き場は｜
遠くに清く澄んだ水源を眺め
あたかも老いるのを待っている船頭のように
ひとしきり咳に付き従って
黒い苫舟を漕ぎ
川を遡って帰る

（「田舎町」『石の記憶』より）

ここの「は」はとても屈強に感じられます。その強さは、不在のものを現前させようとする意志とも結びついたものですが、同時に、聞き手なり読み手なりとにかく相手に届こうとしている、その呼びかけめいた意思のようなものも感じさせます。別の言い方をすると、「〜は」という言い方を通して、自分と他者との間の距離を想起し、かつその距離を超えようとするような気概が読める。そういう意味では田原の詩の多くには、相手にむかって呼びかけ手を伸ばそうとするような姿勢が見えるのです。

一本の大木が倒された地響きは｜
森の溜息だ
鳥たちは｜銃声の傷を背負って
帰巣して卵を産む

ムササビは黒い幽霊のように
木から木へと跳んで
食べ物を見つけようとする

（「狂騒曲」『石の記憶』より）

もちろん、このような語りかけにはリスクが伴います。相手というのはあてにならないものです。しかし、それを型のレベルに高めて行うことで、安定感が生まれている。だからこそ、執拗に出だしの「〜は」という形に立ち返る必要があるのです。その執拗さがときに怨念のように感じられることもあります。四川大地震のことを描いた「堰き止め湖」（『石の記憶』）という作品の終わり方は典型的です。

一万年後　お前はそのときの人々に
感嘆され称賛される景色になっているかも知れない
しかし　私はこの詩を証として書き残しておきたい
西暦二〇〇八年五月のお前は
何億もの人々の涙が溜まってできたものであることを

「お前は」「私は」という言い方が交互にあらわれることで、両者の拮抗する力がぶつかりあっているように感じられます。こうなると、もはやどちらの怨念なのかも判然としない。ちょうど「夢の中の木」が「私」の話なのか「木」の話なのかわからなくなるのと同じで、その言葉が誰のものかは問題でなくなってしまう。「誰なのか？」よりも大事なのは、「〜は」という言葉の枠そのもの、型そのものなのです。型こそが語りを生かし、詩を生かす。そういう意味では、古来からあった時間や空間の威力に抗して語ろう、記録しよう、刻みつけようとする人間的な抵抗の、もっとも原初的な形がそこにはあらわれていると言えます。人間を越えたいといういかにも人間らしい欲望が、詩の型にはむき出しになっている。それが田原の詩の魅力にもなっているのです。

（2013.11.4）

田原氏に36の質問

高橋睦郎

問1＝あなたは二〇一〇年のH氏賞を日本語で詩を書いている外国人として受けることになりました。日本よりはるかに長い詩の伝統を持つ中国に生まれながら、日本語で詩を書くようになったのは、どういう事情でしたか。できるだけ詳しく教えてください。

答＝博士課程に入ったばかりの頃、名古屋在住の詩人・宇佐美孝二さんが、「朝日新聞」に載っていた第一回留学生文学賞作品募集の記事を切り抜いて送ってくださったのですが、その賞金が数十万円というのを見て、その賞金ほしさにだめもとで書いてみた作品が幸いにも選ばれ、それが自信となって日本語で詩を書くようになりました。

問2＝あなたにとって母語である中国語で書くことと日本語で書くことには、どういう違いがありますか。できるだけ具体的に教えてください。

答＝母語である中国語で詩を作るときには、言葉（修辞を含む）を自在に操っている実感がありますが、日本語で詩を書くときには、時に薄氷を踏むような思いにとらわれることがあります。

問3＝あなたはこれまでの人生のどういう時点で、詩に出会いましたか。出会いが習慣化するには、どういう経緯を辿りましたか。

答＝それは高校二年生の時でしたが、その時は詩に出会ったというより、詩のインスピレーションによって私が書かされてしまったと言うのが正しい言い方かも知れません。習慣化したのも詩にそうさせられてしまったような感じがあります。

問4＝あなたが来日し日本語を学習したのは成人以後だと聞いています。もし日本で生まれたか、そうでなくとも幼時から日本にいて、無意識のうちに日本語を覚えていたとしたら、あなたと日本語の関係はどうなっていたでしょうか。その場合も日本語で詩を書くようになったでしょうか。

答＝心の中にポエジーがあれば、どんな言語を母語としても詩が私に詩を書かせていたと思います。

問5＝日本語で詩を書くにあたって、はじめから日本語で考えますか、それともまず中国語で考えますか。あるいはまた両方で考えることもあるのでしょうか。

答＝両方あります。また二つの言語が頭の中で衝突・対峙する中で書いたこともあります。日本語で依頼が来たら日本語で考えることが多いです。

問6＝二つの言語で考え書くことがあなたにもたらす最高最大の恩恵は何でしょうか。

答＝二つの言語で存在感を示すことです。それから、二つの言語の長所と短所がよく分かるので、一つの言語しかできない詩人に比べて、より広い世界が見えているのではないかと思います。

問7＝中国の詩の新しい時代は朦朧派に始まるといっていいと思います。朦朧派以前の近代詩と以後の現代詩との決定的な相違は何でしょうか。

答＝空洞化した言語的追求からイメージ化した深い精神性のある脱構築的言語への追求、客観の再現から主観の真実へ変化したということです。

問8＝中国には「詩経」「楚辞」以来の長い詩の伝統があります。この伝統の重圧との闘いは朦朧派以前にもあったのではないでしょうか。その闘いの状況は朦朧派以前と以後では、どう違いますか。

答＝伝統の重圧は以前も以後もあります。その違いは朦朧派以後はやはりもっと内面的なものを追求するようになったということです。

問9＝朦朧派以後の詩人の成立に文化大革命は外すことができません。あなたにとって文化大革命はあなたの詩にどのような影響を与えましたか。

答＝私自身は文化大革命の影響を直接受けてはいませんが、あのような前代未聞の大きな政治運動となると、直接影響を受けていないとは言っても、創作者としてその悲惨さと破壊性、あるいはこのマイナス文化遺産について考えられなければならないと思います。

問10＝お父ぎみの下放によって、あなたの少年時代は農村で送られた、と聞いています。あなたの農村での少年時代について語ってください。また、それを現時点でどう評価しますか。

答＝今思うと、あの果てしない地平線の続く農村は、私にとってこの上ない楽園でした。あの農村で過ごした時があるからこそ、今の私があると思います。

問11＝あなたにとって中国の古典詩人たちはどんな存在ですか。彼ら、あるいは彼らの作品とどう付き合っていますか。

答＝私が今生きているこの大地のような存在だと思います。今は寝る前に彼らの作品を読むことが多いです。

問12＝あなたの文学活動の中で、日本現代詩の翻訳・紹介は重要な位置を占めています。あなたの中で創作と翻訳とは相互的にどんな関係にありますか。

答＝例えて言うと、創作は法的に認められた正妻、翻訳は内縁の妻といったところでしょうか。二人に対する愛情に変わりはありません。どちらも愛しています。

問13＝翻訳者としてのあなたにとって、日本現代詩の中で最も大切な詩人は谷川俊太郎でしょう。あなたから見る谷川俊太郎はどんな詩人ですか。

答＝巨大な宇宙観を持つ自らを超えた詩人です。

問14＝日本の近・現代詩の歴史の中で谷川俊太郎以外に興味を持つ詩人を挙げてください。何人でも構いません。もちろん古典詩人についても興味のある人があれば挙げてください。

答＝松尾芭蕉、宮沢賢治、萩原朔太郎、田村隆一、吉岡実など。

問15＝旧詩時代の中国の詩人は李商隠ら少数を除き、恋愛さらには性愛をまともに採り挙げてこなかったと言われます。中国現代詩において恋愛ないし性愛はどう扱われていますか。また、あなたの詩においてどんな意味を持ちますか。

答＝中国現代詩においては恋愛詩は大きなテーマの一つです。これはどの言語にとっても普遍的な主題と言えるでしょう。一方性愛は、宗教やその国の社会環境によって変わってくると思います。恋愛も性愛も私は崇高なものだと考えています。性愛詩に崇高性・神聖性・神秘性などがなければただの汚い表現にしか思えません。谷川俊太郎さんは以前、中国の詩人を前にして冗談で「私の詩には二本の足以外にもう一本の足がある、それはペニスです」と話したことがあります。私はこの言葉に凄く共感しています。

問16＝遠い過去、日本の詩歌が中国から学んだものの一つに季節感があります。その後の日本の詩歌にとって、季節感は恋愛とともに最も重要な主題となりました。現代では短歌が恋愛を、俳句が季節感を分け持って主題にしている感があります。その点、現代詩には恋愛はともかく、季節感はずいぶん稀薄になっているように思えます。中国の現代詩における季節感はどうですか。

答＝日本と同じだと思います。季節感というよりも、心が大事なのではないでしょうか。

問17＝外国の詩人から日本の現代詩歌を見て、奇妙に思われるらしいことの一つに、いわゆる現代詩・現代短歌・現代俳句がそれぞれ別のジャンルで、その作者も詩人・歌人・俳人と住み分けがおこなわれていることがあるようです。あなたからこの状況はどう見えますか。また、あなたから見る現代短歌や現代俳句は、現代詩と比べてどうですか。

答＝ヨーロッパの詩人に奇妙に思われるかもしれませんが、漢詩、詞、小令、漢賦などの定型詩の伝統を持つ中国の詩人にとっては、「おのおのその分を守り相手を犯さない」でしょう。

問18＝短歌は俳句は短い定型のため、多数の日本人が作ります。一説には俳句人口一千万人、短歌人口百万人ともいわれます（現代詩人口は十万人以下でしょう）。このため、かつては日本人の多くが臨終に当たって辞世の歌（＝和歌＝短歌）や辞世の句（＝発句＝俳句）を残したものです。辞世の句や歌は古代中国の臨刑詩や遺偈の影響で生まれたといわれますが、現在の中国にそれに類する習慣がありますか。

答＝昔にあったかも知れませんが、今、あまりないのではないでしょうか。

問19＝芭蕉の臨終に当って弟子が「臨終の句を」というと、芭蕉は「その必要はない。自分はつねづねどの句も辞世のつもりで作ってきたから」と答えた、といわれます。僕もいつも辞世のつもりで、つまり一篇一篇死に臨んでいるつもりで書けたらいいだろうな、と思います。あなたの生きる日々の中で死はどういう意味を持ちますか。

とがないです。そう言われますと、死は再生の始まりだと思います。

答＝正直に言いますと、死というものはあまり考えたことがないです。そう言われますと、死は再生の始まりだと思います。

問20＝あなたがこの世に生まれる原因となったご両親はあなたにとってどんな存在ですか。またご兄弟は？　また、あなたは家庭人として、一人の女性の夫であり、彼女とのあいだに生まれた娘さんの父です。彼女たちはあなたにとってどんな存在ですか。あなたにとって家庭生活と詩的生活の関係は、どうなっていますか。

答＝両親については私はずっと私の上に存在していると考えています。兄弟は平等です。嫁さんと娘は私にとってもっとも澄んだ空気です。家庭生活と詩的生活は現実と想像の関係だと思います。

問21＝あなたはあるとき僕に「賞は過ぎ去るもの」といいました。まさにそのとおり賞は偶然のもの、賞と作品の価値とは何の関係もありません。しかし、人間は弱い存在ですから、賞が受賞者をそれまでの緊張から解いて楽にしてくれ、向かうべき方向に向けてくれるという効果は、否めません。H氏賞受賞を通過して、今後のあなたはどんな方向に向かおうとしていますか。さしつかえなかったら教えてください。

答＝H氏賞を受賞したことと関係なく、今までのとおりに詩を追求していきたいと思います。

問22＝中国で古来言われてきた詩の定義に「詩は志を謂う」または「詩は志の之くところ」というのがあります。この場合の志は政治的志向と説明されることが多いと思いますが、これは中国では伝統的に詩人が官僚だったことによるものでしょう。政治ということを棚上げしていうと、志は天の意志ということになるのではないでしょうか。僕は志を欧米でいうpoésie（ポエジー＝詩実在、無限遠の彼方にある実在としての詩、そこから送られる光波のようなもの。それを受けて書くのがpoème＝詩作品）に当たるものと捉えています。中国の現代詩人であるあなたにとって志とはどんなものでしょうか。

答＝世界あるいは社会に対する責任感と正義感。他人に対する大きな愛。私の考えでは、偉大な詩人になるには、世界と他人に対する偉大な優しさを持たなければならないと思います。

問23＝詩という文字は言と寺から成っています。言はもちろん「ことば」、寺は持、維持・持続の意味だ、と教わりました。詩を書くにあたって、「ことば」また「ことば」と等価の「こころ」を長く維持・持続させるために、しなければならないことは何でしょうか。

答＝漢字は形・音・義という性格があるから、そう解釈できます。私の理解ではつねに感性を磨くことだと思います。

問24＝ひるがえって日本では、折口信夫が「日本の詩歌のよきものは何も言っていない」と言い、小林秀雄は「いかに多くのことを言わないか」の大切さを言いました。また、生涯にわたって言葉に関心の深かった作曲家武満徹の著書のタイトルに『音、沈黙と測りあえるほどに』というのがあります。僕もまた詩で最も重要なものは、空白もしくは沈黙だと考えています。あなたはどう思いますか。

答＝以前、谷川俊太郎の詩について文章を書いたことがあります。本当の詩は沈黙しているということ。

問25＝詩、さらに広く芸術の表現にあたって、重要なものは自己主張ではなく自己解放、言い換えれば、自分が言葉を連行するのではなく、自分を言葉に連れて行ってもらうことだというのが、僕の基本的な考えのひとつです。この点について、あなたの考えを教えてください。

答＝同感です。

問26＝中国においても、日本においても、伝統的に詩の最終的なよりどころは定型でした。定型がよりどころとなりえない現在、詩のよりどころを何に求めるべきでしょうか。

答＝解放された自由な心です。

問27＝空白・沈黙の確保に必須のものは孤独です。いっぽう、人間は極度の空白・沈黙には耐えられなくなる弱い存在で、しばしば友情を求めます。しかし、詩人の友情とは全き孤独と孤独のあいだにしか成立しないもので、群れることとは遠いものだ、と考えます。あなたの考えは？

答＝まったくその通りです。詩を書くことは沈黙と孤独との戦いだとずっと前に書いたことがあります。

問28＝二十一世紀に入った最初の年二〇〇一年九月十一

日の白昼、ニューヨークで勃発した事件は、人類社会に終末があること、その終末がそんなに遠くはないことを、人類全体に示した事件でした。終末を射程に入れた時間の中で、詩を書くことにどんな意味があると思いますか。

答＝詩は戦争を阻むことはできないし、飢餓している子供たちにも役に立たない。ただ、詩があることで、良心的な声が少し聞こえてくるし、緊張している世間は少し和らいでくると思います。詩のない世界は想像できません。詩のない民族は、その民族の精神的質感が疑われるのではないでしょうか。

問29＝五十数年前、二十歳の頃、死後について思い悩むことが続きました。たまたま手にした英国の夭折した無名の科学者の日記に「科学者である自分は宗教がいう死後世界をそのまま信じることはできない。悩んだ末、自分は一つの考えに達した。物質的に自分を構成する分子は死後分解する。しかし、分解した分子はさまざまな生物・無生物に分有されて、巡回する。その意味では自分は永遠なのだ」とあるのに、ある種の安心を得ました。五十年後の僕の死後世界観も、基本的にはこのあたりにあります。あなたは死後についてどう考えますか。

答＝先にも答えましたが、私はまだ死について考えたことがないのでわかりません。しかし、これからの詩作の中で考えていかなければならない重要な問題だと思います。仏教の輪廻の考えかたに沿っていえば、死後も何らかのかたちで何処かで生きつづけるのではないでしょうか。

問30＝僕は高校三年から大学二年までの三年間と、社会に出て二十七歳から四十二歳までの十五年間のスランプの苦しみを体験しました。その体験で覚えたことは窮極的に「ひたすら待つこと」だった、と思います。あなたがスランプに陥った時の自分への処方箋はどんなことですか。

答＝スランプはまだ経験したことがないのですが、もしあったとしても、悩むより前向きに考えたいと思います。

問31＝もし抗うことのできない大きな力が、自分の書きたいものを書くことを禁じたら、あなたはどうしますか。僕はかつてソビエト・ロシア当局から作曲を禁じられたグバイドゥーリナが、しばしば白樺の森に行き、木肌に掌を当てることで慰められ力を貰った、と語ったことに、深く感動したことがあります。

答＝創作の自由が奪われたら、空に問いかけ、大地に相談します。それでも解決できなかったら、自由な風にでもなるのがいいかなと思います。

問32＝自分がじつは詩人ではなかったとわかったらどうしますか。潔く詩から離れて別の人生を始めますか。それとも詩人であることを演じつづけますか。

答＝少なくとも詩人を演じることはしないと思います。

問33＝中国の現代詩人は中国の古典詩が読めず、台湾の現代詩人は読める、と聞きましたが、それは事実ですか。事実だとすると、原因はなんでしょうか。簡体字と横書きの教育でしょうか。それとももっと根本的な原因でしょうか。

答＝事実ではありません。実際多くの中国の現代詩人が古典詩をちゃんと読んでいます。それは簡体字の教育とは無関係です。

問34＝あなたの見るところ、現代の中国の詩人と日本の詩人の相違はどこにありますか。日本の詩人に対しての注文があれば率直に言ってください。

答＝全体的に見ると中国の詩人は開放的で日本の詩人は閉鎖的ということになると思います。これらは勿論両国の詩歌伝統と関係していると思いますが。

問35＝日本の詩の若い世代、いわゆるゼロ年代の詩人たちについて、どう思いますか。また要望があれば聞かせてください。

答＝私の読んだ限りでは成長の勢いを非常に感じています。とても気に入っている詩人も何人かいます。しかし、想像貧困と感性貧弱で、狭い視野で「小我」に閉じ込もっているとも感じます。ジャーナリズム的な傾向の作品も多い気がします。加藤周一の言葉を借りて言えば「今の現代詩は新聞記事みたいなもの」。彼らの文学性と芸術性には満足できません。勿論、中国にもこういった若い詩人はいますが。

問36＝貨幣は人間が発明したものの中で、極めて抽象的な存在でありながら極めて具体的に私たちの生活を縛るものとして、言葉に似ていると思います。げんざい猛烈な経済発展の中にある現代中国人にとって、金銭はどんな存在でしょうか。また、詩人のあなたにとって金銭はどんな意味を持ちますか。
答＝金銭は私にとって、心と関係のない体の外にあるものです。金銭だけではなく、権力や「実力がその名にそぐわない」名誉に対して私は興味がありません。これは谷川俊太郎の詩精神と彼の生き方から啓示を受けた考え方です。

（「現代詩手帖」二〇一〇年五月号）